書下ろし

生娘だらけ

睦月影郎

祥伝社文庫

目次

第一章　女たちの園は牝(めす)の匂(にお)い

一

(ああ、何とみな美しい……)

修吾(しゅうご)は、娘たちを見回しながら胸を高鳴らせた。

嫁入り前の娘たちが二十人ばかり、屋内では縫(ぬ)い物に勤(いそ)しみ、庭では薙刀(なぎなた)の稽古(けいこ)をしている。

みな十代後半から二十歳(はたち)前後の娘ばかり。

藩の仕来りで、藩士の娘は皆ここで共に暮らし、お針と武芸、その他の躾(しつけ)を受ける習わしになっていた。

風見(かざみ)修吾は十八歳。今は粗末ななりに身を包み、頬(ほお)かむりをしている。

ここは北関東にある十万石の三沢(みさわ)藩。丘には白亜(はくあ)三層の城が聳(そび)え、城下町も賑(にぎ)わっていた。

しかし男たちの大部分は領地の西側に流れる川の治水工事に駆り出され、多くの流れ者も手伝いに雇ったので、娘たちの安全のためにも、一カ所に集めるのは良策であった。

女たちばかりの藩校、名付けて桜桃舎。

近在の豪農たちは、武家の生娘たちばかりが出した下肥を高値で買い取り、出来た野菜なども城への献上品となる。

やはり生娘だけの下肥で育った農作物は、他の野菜とは気分的に違い、献上品に洩れたものも豪商たちが破格の値で取引していた。

その下肥を管理し、近在の百姓たちに采配するのが修吾の役目であった。

「このような役目は不本意であろうが、お家のためだ。密命を帯びるため余人には頼めぬ」

父親に厳命され、修吾はこの仕事を請けた。

基本的に桜桃舎は男子禁制であるが、こうした役職上女には任せられず、修吾は舎の片隅にある掘っ立て小屋に住むことになり、出入りの百姓たちとの渡り役を務めていた。

そして修吾は、素破への不安を抱きつつ、この役職が嫌ではなかったのだ。

何しろ女と話したこともない無垢。そのくせ淫気は旺盛で、手すさびも日に二度三度としなければ落ち着かなかった。まして娘たちの厠に最も近い職務となると、人には言えぬ密かなときめきが湧いた。

それなりに武芸の修行も積んできたが、小柄で色白。武家と悟られぬため頰を汚し、背を屈めて歩いていた。

むろん舎にいる娘たちは、修吾が密命を帯びた藩士とは知らず、城から雇われた領地の民の一人と思われていた。

舎の中にいる娘たちの中には、十七になる珠代姫も紛れ込んでいた。

他の大部分の娘は姫君が混じっていることなど夢にも知らず、知っているのは剣術指南で二十三歳になる春日弥生。そして娘たちの教育係で後家、二十八歳になる真弓だけだった。

真弓だけは生娘でないため、修吾と同じく、掘っ立て小屋のそばにある専用の厠を使用していた。

それほど、生娘の下肥は徹底的に管理されていたのである。

修吾が帯びている密命とは、娘たちに混じっているかも知れぬ素破から、姫君を守ることであった。

近隣の藩からは、姫を嫁にしたいと言ってきている者が多い。治水工事が完了すれば、多くの材木を運搬でき、ますます三沢藩は潤うだろうから、そうした利もあり縁を持ちたがるのである。

中には、姫に暗示を掛け、言いなりにさせようとする女の素破も紛れ込んでいるかも知れない。

舎の娘たちは、れっきとした家の者ばかりではない。工事のため、近在の浪人者も多く仕官させ、その家族の娘も何人か混じり、素性の知れぬ者もいるのだった。

素破が紛れ込んでいるという証しはないが、念のため、女同士では分かりきらぬ様子を修吾が密かに探ることになったのである。

「こんにちは。出入りを許されております、小梅と申します」

掘っ立て小屋に、村の娘が野菜を持って訪ねて来た。舎の娘たちと同じく、十七、八歳だろう。

修吾の住む掘っ立て小屋は、元は物置だったものを改造したものである。

「ええ、聞いています。修吾と言います。今日からよろしく」

彼も、武家言葉を捨て、腰を屈めて挨拶をした。

「シュウゴさん。では厨へこれを運びますね」

愛くるしい笑窪と八重歯を見せ、小梅が籠に入れた野菜を抱えて言った。

この野菜も、生娘たちの下肥で育ったものなのだろう。

「お手伝いしてやりたいけれど、私は男なので、この小屋と庭以外には行かれないので」

「ええ、大丈夫です」

小梅は言い、会釈して厨の方へ行った。賄いも娘たちが交代で行ない、たまに小梅も手伝いをしていくようだった。

(可愛いな。あの子を妻にしたいと言ったら、父は許すだろうか……)

修吾は、小梅の後ろ姿を見送りながら思った。

小麦色の健康的な肌に、明るく白い歯並びが印象的で、武家娘とは全く違う野趣溢れる魅力を持っていた。

しかも小梅の残り香が、いつまでも生ぬるく甘ったるく鼻腔を刺激していた。

恐らく朝から働きづめで、全身は汗ばみ股間も蒸れているのだろう。

舎の娘たちとの接触は、極力禁じられているから、女の匂いに触れるのは初めてであった。

だから修吾が感じる娘たちの匂いは、厠から漂うものばかりだったのである。

第一日目の今日は、それほど仕事があるわけではない。下肥を取りに来るのは半月ばかり先らしい。

とにかく修吾は、舎にいる娘たちの顔と名を密かに覚え、代々の家臣以外のものの動静を探ることが肝心だった。

修吾の秘密を知る者は、後家の真弓だけであり、彼女もまたそれとなく娘たちの様子に気を配っていた。

やがて厨から小梅が出て来た。今日は賄いの手伝いはせず、野菜を置いただけで帰るようだった。

「では失礼致します」

「ええ、ご苦労様」

辞儀をして去る小梅を見送り、また修吾は風下に流れる甘ったるい匂いで小鼻を脹らませた。股間まで脹らんできそうになったが、楽しみな手すさびは寝しなにするつもりだから、それまでは我慢するしかない。

修吾は箒を持ち、掃除するふりをして厨の周囲から厠、湯殿の方まで回って建物の造りも頭に入れておいた。

と、厠の外を回って小屋へ戻ろうとしたとき、いきなり戸が開き、縁側に弥生が出て来た。どうやら用を足していたようだ。

刺し子の稽古着に袴姿、長い髪を後ろで束ね、濃い眉が吊るほど引っ詰めている。普段も大小を帯びている男装で、美形ではあるが剣の達者で男勝りの気の強さだ。

その弥生が、ジロリと修吾を睨み付けてきた。

「貴様、覗いていたな」

「め、滅相も……」

言われて、修吾は尻込みして答えた。

すると弥生は素足のまま庭へ飛び降りるなり、いきなり平手打ちを食わせてきたのだ。

「あッ……」

「武士と話すのに頬かむりで立ったままとは何事だ！」

弥生が凜とした声を響かせ、修吾も慌てて膝を突き手拭いを外した。もちろんすでに武家の髷ではないし、月代も伸びはじめている。

「修吾と言ったな。目障りだ。消え失せろ！」

男言葉で言い、縁側に腰を下ろした。

「待て。足が汚れた」

足を組んで言い、爪先を突きつけてきた。

修吾は外した手拭いを手水鉢に浸して絞り、差し出された足裏を拭き清めた。

体毛のある脛までが露わになり、彼は生まれて初めて女に触れた。片手で踵を支え、足裏を丁寧に拭うと、弥生は足を交代させた。

そちらも修吾は拭き終えた。男のように大きな足裏で、うっすらと爪先からは蒸れた匂いが漂った。

「綺麗になったか」

「はい……」

「ならば舐めてみよ。綺麗ならば出来よう」

弥生は執拗に爪先を突きつけて言った。

稽古を終えたばかりらしく、庭で稽古している娘たちも、間もなく上がるようだ。そして弥生は、今日から男が舎に来たことが気に入らず、機嫌が悪いようだった。

修吾は湿った手拭いを懐中に入れ、両手で彼女の足を押し頂いた。

そして顔を寄せ、踵から土踏まずまで舐めると、いきなり彼女が爪先で修吾の鼻をつまんできた。

指の股（また）は汗と脂（あぶら）に湿り、蒸れた匂いが濃く鼻腔を刺激してきた。

「指の間もだ」

弥生が周囲を見回して言う。さすがに、他の娘に見られるのは教育上よろしくないという自覚はあるようだ。

修吾は言われた通り、爪先にしゃぶり付き、太くしっかりした指の股を順々に舐め、もう片方の足も隅々（すみずみ）まで味わい尽（つ）くしたのだった。

二

「ああ……、くすぐったくて心地よい……」

弥生がうっとりと息を弾（はず）ませて言い、ビクリと足を震わせて反応した。

修吾がなおも念入りに舌を這（は）わせながら目を上げると、ちょうど視線が合ってしまった。

それで、弥生がまた癇癪（かんしゃく）を起こした。

「もう良い！　虫ケラめ」

足裏で頬を蹴り、弥生は勢いよく立ち上がった。

修吾も頬を押さえながら体勢を立て直し、膝を突いて平伏した。

「良いか、間もなく稽古が終わる。庭を掃いておけ！」

「はい、畏まりました」

答えると、弥生は足音高く縁側を通過して奥へ入っていった。

修吾は、美貌の剣術指南の足の味と匂いを嚙み締め、股間を熱くさせて箒を手にした。殴られたり蹴られたりしたことへの怒りはなく、むしろ初めて女に触れたことの興奮がいつまでも冷めなかった。

そして薙刀の稽古をしている娘たちの方へは近づかず、手前の方から庭を掃き始めた。

「ではあと一本、それで今日の稽古は仕舞いだ」

再び弥生が草履を履いて外に出て、皆に言い渡した。

最後と思うと、娘たちもいっそう元気よく気合いを発し、木で出来た稽古用の薙刀を打ち合わせはじめた。

その時である。

「あッ……」

一人が叫ぶと、薙刀の先が半分ほど消え、折れた切っ先が回転して修吾の方へ飛来してきたのだ。

庭を掃いていた修吾は気づくなり、咄嗟に身体が動いてしまった。飛び来る切っ先を躱し、自然に手にした箒で叩き落としていたのである。

「し、失礼致しました……」

修吾は、しまったと思いつつ平伏して言った。

娘たちは、怪我がなくてほっとしたようだったが、弥生は眉を険しくさせて彼の方を睨んでいた。

「良い。一同礼を交わして解散」

弥生が言うと、娘たちは互いに礼をし、舎の中へと引き上げていった。

（紛れ込んだ素破が、私の素性を知るためにわざと切っ先を……？）

修吾はそう思ったが、あまりに急なことで、誰の切っ先が折れたのか、顔を見ていなかった。

そして弥生が、足早に彼の方へ迫ってきた。

「来い！」

彼女は修吾の手を摑み、彼の掘っ立て小屋へと行った。

そして戸を開けて彼を中に押し込めて、自分も入って内側から閉めた。

中は水瓶のある土間、一段上がったところに布団が敷かれ、あとは着替えや手拭いなどがあるだけだ。

「貴様、何者だ！」

弥生が彼を布団に突き飛ばし、上がり込んで室内にあるものを手当たり次第に探りはじめた。むろん彼の素性に関わるようなものは出てこない。

「誰に頼まれ、何のために潜入している！」

弥生は言い、彼の帯も解いて下帯一枚にさせ、着物の中まで調べた。

「いいえ、私はご家来衆のお一人に命じられ、今日からお手伝いに入っているだけです……」

「いいや、先ほどの動きは武芸の修練を積んだ証しだ。単なる厠覗きの痴れ者かと思ったが、とんだ食わせ者であったな」

弥生が馬乗りになり、近々と彼の目を覗き込んで言いながら喉輪を締め上げてきた。

覗いてはいないが、誰でも良いから女の用足しの姿を覗きたいと思ったことは確かである。

修吾は、美女の重みと温もりを感じながら、弥生の吐き出す熱い息の匂いに陶然となった。

彼女の口から洩れる息は花粉に似た甘い刺激が含まれ、それに稽古後の汗の匂いが、甘ったるく濃厚に漂って修吾の胸を悩ましく満たした。

「素破は義歯に毒薬を仕込んでいると聞く。口を開け」

弥生が言い、彼の口に指を挿し入れてこじ開けた。しかし奥歯まで探られたが義歯や虫歯は一本もない。

さらに彼女は修吾の手のひらと指を見て、剣術の稽古ダコがないかどうかつぶさに調べた。

これも、掃除や薪割りに出来るタコと、それほど区別は付かないだろう。

すると弥生は、彼の胸や腹を探った。

「色が白い。汚れているのは顔だけか」

彼女は言い、とうとう下帯まで解いて引き抜いてしまったのだ。

興奮に胸は高鳴っているが、緊張と不安に一物は、恥毛に埋もれるように縮こまっていた。

「これが男のものか、何と醜(みにく)く貧弱な……」

弥生はチラと見ただけで一物に触れることはせず、いきなり立ち上がるなり、なんと袴を脱ぎ去り、稽古着も脱いで彼と同じく一糸まとわぬ姿になってしまったではないか。

「厠を覗くのだから見たいだろう。それに足を舐めたのだ。潔白ならば、これも舐めて忠義を見せろ」

身勝手な理屈を並べながら、弥生は仰向(あおむ)けの彼の顔に跨(また)がり、厠に入ったようにしゃがみ込んできた。

もし修吾が無垢でなかったら、弥生が相当に男への好奇心と、快楽への欲求を抱えていることを見抜いただろうが、今の彼はただ勢いに押されて言いなりになるばかりであった。

引き締まった太腿(ふともも)と脹(ふく)ら脛(はぎ)がムッチリと張り詰め、腹部も筋肉が段々になり、さすがに肩や二の腕も逞(たくま)しかった。股間から見上げる乳房は、それほど豊かではないが乳首と乳輪の桃色が初々(ういうい)しく、それよりも彼は鼻先に迫る股間に目を凝(こ)らした。

股間の丘に恥毛がふんわりと煙(けむ)り、割れ目からはみ出した花びらがヌメヌメと

露を宿し、僅かに開いていた。小指の先ほどのオサネも覗いて光沢
間からは、襞の息づく膣口らしきものと、生身の方がずっと艶めかしいと思った。
を放っていた。
修吾は前に見た春画を思い出したが、しかし行動は大
「さあ、舐めろ。私が良いと言うまで」
弥生も、相当に羞恥と緊張を覚えているように声を震わせ、しかし行動は大
胆に、そのままギュッと彼の鼻と口に陰戸を押し付けてきたのだった。
柔らかな茂みが鼻を覆い、嗅ぐと甘ったるい汗の匂いが濃厚に胸を満たし、そ
れにほのかな残尿臭の刺激も入り混じって鼻腔を掻き回してきた。
（ああ、これが女の匂い……）
修吾は、汗とゆばりの匂いなのに少しも嫌ではなく、うっとりと酔いしれなが
ら舌を這わせていった。
陰唇の内側に挿し入れて柔肉を舐めると、生温かくトロリとした淡い酸味が感
じられた。
これが淫水の味わいなのだろう。
舌先で膣口らしき襞をクチュクチュと探り、そのまま滑らかな柔肉をたどって

コリッとしたオサネまで舐め上げていった。

「アアッ……、いい……、そこ、もっと……」

弥生が喘ぐなり、声音が急に柔らかく粘つくようなものに変化した。

そしてオサネをチロチロと舐めているうち、さらに蜜汁が泉のようにトロトロと溢れてきたではないか。

修吾は淫水をすすり、美女の悩ましい体臭で鼻腔を満たしながら執拗に舌先でオサネを弾くように愛撫し続けた。

「い、いく……！」

たちまち弥生が息を詰めて口走り、遠慮なく彼の顔に座り込んでグリグリと割れ目を擦りつけた。いくと言うからには、やはり女でも手すさびをし、それなりの快楽を知っているのだろう。

弥生は引き締まった肌をヒクヒクと痙攣させ、とても上体を起こしていられなくなって突っ伏した。

修吾が顔中をヌルヌルにされながら、いつまでもオサネを舐め、時にチュッと吸い付くと、

「も、もう良い……、変になる……」

　彼女は言って、ビクッと股間を引き離して横になった。

　修吾は顔を移動させ、弥生の白く丸い尻の谷間にも顔を押し付け、僅かに突き出た桃色の蕾に鼻を埋め、生々しい微香を嗅いでから舌を這わせた。

　襞を舐めて濡らし、舌先を潜り込ませてヌルッとした粘膜を味わうと、

「く……！」

　弥生は呻くなり肛門でキュッときつく舌先を締め付け、もう正体もなく荒い息遣いを繰り返すばかりとなってしまった。

三

「アア……、何と心地よい……、い、いや、いけない。これも素破の術かも知れぬ……」

　弥生は独りごちるように言い、懸命に身を起こし、修吾を再び仰向けにさせて股間を見た。

　すると、さっきまで萎縮していた一物がピンピンに勃起し、完全に包皮が剝けて光沢ある亀頭が露出していた。

「まあ……」

弥生は息を呑み、視線を釘付けにさせていた。

「何と逞しい。これが男……」

彼女は言い、まだ息を弾ませながら修吾の股間へと顔を移動していった。

そして恐る恐る幹に指を這わせ、張りつめた亀頭にも触れてきた。

「なるほど、張り形ほどの硬さはないが、血が通っている分ことのほか心地よいであろう……」

弥生が言い、生まれて初めて触れられた修吾は舞い上がりながらも、彼女が生娘でありながら張り形による挿入を経験していることを知った。

さらに弥生は、ふぐりにも触れて二つの睾丸をコリコリと確認し、袋をつまみ上げて肛門の方まで覗き込んだ。

「ああ……」

修吾は、美女の熱い視線と息を股間に感じ、無遠慮な触れ方に腰を浮かせて喘いだ。

「入れてみたいが、お前ごときが最初では家名に傷が付く。しかも生娘でなくなれば、厠も別にしなければならず面倒」

弥生は、幹を手のひらに包んで動かしながら呟いた。

「ああ……」

「心地よいのか。ならば、せめて精汁の飛ぶところを見よう」

修吾が快感に喘ぐと、弥生も指の動きに調子を付けて言い、さらに添い寝して桃色の乳首を彼の口に押し付けてきた。

「吸え」

言われて、修吾もコリコリと勃起した乳首を含んで吸い付き、舌で転がした。

「アア……、もっと強く……」

弥生は熱く喘ぎ、肉棒を揉みしだきながら、弾力ある膨らみをグイグイと押し付けてきた。彼の顔中に汗ばんだ膨らみが密着し、心地よい窒息感の中、甘ったるい濃厚な体臭で胸を満たした。

「こっちも……」

弥生はのしかかり、もう片方の乳首も彼の口に押し付けて言った。

修吾はそちらも念入りに吸い付いて舌で転がし、心ゆくまで美女の汗の匂いを堪能した。

その間も、やわやわと弥生の手のひらと指が一物を愛撫し、彼は急激に絶頂を迫らせていった。

やはり慣れた自分の指と違い、生娘の動きはぎこちないが、それがまたゾクゾクする快感となり、時に予想もつかぬ動きで、思いがけなく感じる部分を刺激された。

「い、いきそう……」

「なに、出るか。早く見せろ」

弥生が彼の口から乳首を離し、さらに強く幹をしごいた。

「あうう……、っ、強すぎます……」

「何と図々しい。これぐらいか。どうすれば早く出る」

「く、口吸いを……」

「たわけ！　そのようなこと出来るか。土虫ごときに！」

「ならば、唾を……」

言うと、彼女も顔を寄せ、形良い唇をすぼめ、白っぽく小泡の多い唾液を溜めてクチュッと垂らしてくれた。それを舌に受けて味わい、飲み込んでうっとりと喉を潤した。

「美味しいのか。味などなかろうに」

「もっと……」

「もっとか、ならばこれで良かろう」

弥生は言うなり大きく息を吸い込み、思い切りペッと勢いよく彼の顔に唾液を吐きかけてきたのだった。

「アア……」

甘い刺激の吐息とともに、生温かな唾液の固まりに鼻筋を濡らされて修吾は喘いだ。それは頬の丸みをトロリと伝い流れ、ほんのりと甘酸(あまず)っぱい匂いを漂わせた。

「い、いく……」

とうとう修吾は口走り、大きな快感に全身を貫(つらぬ)かれてしまった。

弥生の手の中で幹がヒクヒクと脈打ち、同時にありったけの熱い精汁が、勢いよくドクンドクンとほとばしった。

「ああ……、このように飛ぶのか……」

彼女は目を見張り、熱く甘い息を弾ませて言った。

修吾は、弥生のかぐわしい息を嗅ぎながら揉まれ、心置きなく最後の一滴まで出し尽くしてしまった。

やはり自分でする快感より、何倍も心地よかった。

「ど、どうか、もう……、ご勘弁を……」

いじられ続け、修吾は過敏に反応しながら腰をよじって降参した。

ようやく弥生も動きを止めて身を起こし、幹から手を離した。そして指を濡らした精汁をそっと嗅いだ。

「生臭い……、この中に子種が含まれているのだな……」

彼女は言い、汚れた指を修吾の手拭いで拭った。

そして気が済んだように立ち上がって身繕いをし、身を投げ出して息を弾ませている修吾を見下ろした。

「さて、では続きをはじめようか。痛い思いをしたくなければ、素性を有り体に言うのだ」

弥生は言うなり、屈み込んで彼の脇腹に歯を食い込ませてきた。

「あう……」

余韻に浸っていた修吾は、鋭く甘美な痛みに呻いて身を強ばらせた。

叩くより、嚙まれる方が嬉しく、また彼女も淫気がくすぶり、男の身体を苛めたいのだろう。

熱い息に肌をくすぐられ、彼はまたムクムクと回復しそうになってしまった。

弥生も前歯で鋭く噛むのではなく、大きく開いた口で肉を頬張り、頑丈な歯全体でキュッときつく噛んだ。

「早く言え。ここもか」

弥生は目をキラキラさせて言い、脇腹から徐々に歯を移動させて噛み、さらには内腿にも容赦なく歯を食い込ませた。

「アア……、どうかお許しを……」

修吾はクネクネと身悶えながら、この痛みと快感がいつまでも続いてほしいと思い、とうとう一物が鎌首を持ち上げはじめてしまった。

「言わぬか。ならば本気で血が出るほど噛むぞ」

弥生が顔を上げて言い、ヌラリと舌なめずりした。

しかし、その時である。

いきなり戸が開いて、後家の真弓が入ってきたのである。

「何をなさいます。弥生さん！」

真弓が驚いて言い、弥生もハッと顔を上げて振り返った。

「怪しき素性の者なので、いま吐かせようとしております」

弥生が言い、真弓も呆然と全裸の彼の姿を見た。

修吾の脇腹には歯形が付き、下腹は白濁の精汁に濡れている。ここで淫らな責めが行なわれたことは一目瞭然だった。

「この方はご家老、風見源吾様のご子息です！」

「え……？」

きっぱりと真弓が言うと、弥生が目を見開き、彼女と修吾の顔を交互に見た。

「姫様をお守りするため、下々のものに化けて今日から来て頂きました」

「そ、そんな莫迦な……！」

言われて弥生が絶句した。

「本当は、私だけが知っていることでしたが、あらぬ疑いで責めを行なうなら言わねばなりません」

真弓が言うと、弥生は力が抜けて座り込み、修吾も身を起こした。

「いや、私は父の厳命で素性を秘し、弥生様もまた職務で行なったことですので、どうかお気になさらぬよう」

修吾が言うと、いきなり弥生が両手を突いて平伏した。

「も、申し訳ありませんでした。この責めは如何ようにも……」

弥生は声を震わせて言い、すぐにも腹を切りそうな勢いだった。

「責めは致しません。弥生様は当藩には必要な方ですので、今後はこの三人で姫様をお守りし、間者の動静に気を配ることにしましょう。剣術指南のみならず、新たな職務です。よろしいですね」

「しょ、承知致しました。どうかお許しを……」

早まったことをせぬよう、修吾も強く言ったが、全裸なので様にならない。

弥生は平伏したまま言い、やがて顔を見られるのを避けるように、俯いたまま急いで草履を履き、小屋を出ていってしまったのだった。

四

「まあ、こんなに嚙まれて……」

真弓は言い、全裸の修吾を横たえ、脇腹や内腿の歯形にそっと触れた。

「弥生さんもむごいことを。他に何をされたのです」

「足と陰戸を舐めさせられ、指で一物をいじられ……」

「まあ……」

真弓は嘆息し、懐紙で下腹の精汁を拭ってくれた。

「では、情交はされなかったのですね？」

「ええ、弥生様も、生娘でなくなるのを恐れたようです」

「ならば良いです。でも、よく我慢なさいました」

真弓は拭き終えて言い、すっかり勃起している一物を悩ましげに見た。

「乱暴にいじられても、心地よかったのですか」

「ええ……、人に触れられるのは初めてでしたので……」

「そう……、このように勃ってしまっては、気を静めないとなりませんね。私でお試しになりますか」

「え……？」

言われて、修吾は新たな淫気にドキリと胸を高鳴らせた。あるいは若い修吾がみだりに娘たちに手を出さぬよう、真弓は我が身で彼の淫気を鎮めようとしてくれるのかも知れない。

「この桜桃舎では、私だけが生娘ではありませんので、どうかご存分に」

羞恥と緊張で、三十近い真弓は言いながら頰を上気させた。

「よろしいのならば、どうか脱いでくださいませ。全部」

修吾もその気になって言うと、真弓も立ち上がった。

「承知致しました」

彼女は言って帯をシュルシュルと解き、着物を脱いでみるみる白い肌を露わにしていった。同時に、弥生とは少し異なる甘ったるい匂いが小屋の内部に生ぬるく立ち籠(こ)めはじめた。

やがて彼女は腰巻も取り去ると背を向けて腰を下ろし、襦袢(じゅばん)も脱いで全裸になり、修吾に添い寝してきた。

彼は甘えるように腕枕してもらい、真弓の腋(わき)の下に鼻を埋め込んだ。

色っぽい腋毛は生ぬるく湿り、甘ったるい汗の匂いが濃厚に籠もって鼻腔を掻き回してきた。

「ああ……、そのような……」

真弓は、彼がすぐにものしかかって挿入するかと思っていたのかも知れず、驚いたように声を震わせた。

修吾は美女の体臭で胸を満たしながら、目の前で息づく乳房を見た。

それは手のひらに余るほど豊かで、桜色の乳輪も弥生より大きめで、乳首がツンと突き立っていた。

やがて充分に嗅いでから、彼は顔を移動させて乳首に吸い付いていった。

「アア……」

舌で転がすと、真弓がビクリと肌を強ばらせて熱く喘いだ。

修吾は、顔中を豊かで柔らかな膨らみに押し付けて感触を味わい、もう片方の乳首も含んで念入りに舐め回した。

真弓は懸命に奥歯を噛んで喘ぎ声を堪え、うねうねと熟れ肌を悶えさせはじめた。数年前に夫が病死し、子はいなかったようだ。

左右の乳首を交互に味わってから、修吾はすっかり淫気を満々にさせ、白く滑らかな肌を舐め下りていった。

肌に残る紐の痕は、僅かに汗の味がし、やがて形良い臍を舐め、張り詰めた下腹にも顔を押し付けて弾力を味わった。

「ど、どうか、早くお入れくださいませ……」

真弓が声を震わせて言った。

淫気を催しているわけではなく、彼の顔が股間に向かってきたので激しい羞恥と抵抗を覚えているのだろう。

「いえ、後学のため、弥生様との違いを検分させてくださいませ」

修吾は答え、しかし股間に向かわず、太腿から脚を舐め下りていった。

「アア……、いけません、そのような……」

真弓が息を弾ませて喘ぎ、それでも突き放すことはせず、されるまま懸命に身を強ばらせていた。

彼は丸い膝小僧から滑らかな脛（すね）を舐め、足首まで行って足裏に回り込んで顔を押し付けていった。

修吾は弥生の足を舐めさせられたときに言いようのない興奮を覚え、どうにも真弓の足も味わいたくなったのだ。

足裏に舌を這わせながら、縮こまった指の間に鼻を割り込ませると、稽古を終えた直後の弥生ほどではないにしろ、そこは汗と脂にジットリ湿り、蒸れた匂いが濃く沁（し）み付いていた。

修吾は充分に美しき後家の足の匂いを貪（むさぼ）り、爪先にしゃぶり付いて、全ての指の股に舌を挿し入れて味わった。

「あう……、どうか、汚いのでおやめ下さい……」

真弓は朦朧（もうろう）となって言い、何度かビクリと脚を震わせて反応した。

彼は両足とも舐め尽くし、やがて脚の内側を舐め上げて股間に顔を迫らせていった。

両膝の間に顔を割り込ませ、白くムッチリとした内腿を舐め上げると、陰戸から発する熱気と湿り気が顔中を包み込んできた。

見ると、ふっくらした股間の丘には柔らかそうな恥毛が茂り、丸みを帯びた割れ目からは、桃色の花弁がはみ出していた。

指を当てて左右に開くと、息づく膣口とポツンとした尿口の小穴、そして包皮の下から顔を覗かせるオサネが丸見えになった。大部分は弥生と同じだが、やはり微妙に異なり、それぞれに艶めかしかった。

「ま、まさか、弥生さんにされたようなことを……」

鼻先を寄せる彼の熱い視線と息を感じ、真弓が不安げに言った。

「ええ、どう違うか確かめたいので、もっと力を抜いて下さい」

「な、なりません、武士が女の股に顔など……、アアッ！」

修吾がギュッと股間に顔を埋めると、真弓が熱く喘ぎ、内腿でキュッときつく彼の両頰を挟（はさ）み付けてきた。

彼はもがく腰を抱え込んで押さえ、柔らかな茂みに鼻を擦りつけて嗅いだ。

隅々には、腋に似た甘ったるい汗の匂いが生ぬるく籠もり、それにほのかな残尿臭の刺激も悩ましく鼻腔を掻き回してきた。

舌を這わせると、やはり淡い酸味のヌメリが感じられた。

膣口の襞を舐め回し、オサネまで舌先でたどっていくと、

「あうう……、駄目……」

真弓が身を弓なりに反らせたまま呻き、白い下腹をヒクヒクと波打たせた。

やはりオサネを舐め回すと、淫水の量が格段に増し、舌の動きがヌラヌラと滑らかになっていった。

さらに彼は真弓の両脚を浮かせ、豊満な尻の谷間に顔を寄せた。そこには薄桃色の蕾が羞じらうようにキュッと引き締まり、弥生のように突き出た感じがなく実に可憐だった。

やはり弥生は、常に激しい稽古に明け暮れているので力むことが多く、椿の花のようにぷっくりとし、淑やかな真弓はひっそり閉じられた感じになるのかも知れないと思った。

蕾に鼻を押しつけると、顔中にひんやりした双丘が心地よく密着し、秘めやかな微香が感じられた。

充分に鼻腔を満たしてから舌を這わせ、細かに震える襞を濡らし、ヌルッと潜

り込ませて滑らかな粘膜を味わった。

「あう！　いけません……」

真弓が驚いたように呻き、侵入した舌先をキュッと肛門できつく締め付けた。

修吾が舌を出し入れさせるように動かすと、鼻先にある割れ目からは新たな淫水がトロトロと溢れてきた。

彼は舌を引き抜いて脚を下ろしてやり、再び陰戸を舐め回してヌメリをすすりオサネに吸い付いていった。

「も、もう堪忍……、変になりそう……」

真弓が激しく腰をよじり、懸命に彼の顔を股間から追い出しにかかった。

もちろん亡夫にも舐められたことはなく、あるいは生まれて初めて気を遣りそうになってしまったのかも知れない。

ようやく修吾も股間から這い出し、再び添い寝していった。

真弓はハアハアと荒い呼吸を繰り返し、魂が抜けたように熟れ肌を投げ出していた。

彼はそっと真弓の手を握り、強ばりに導いていった。

すると彼女もやんわりと手のひらに包み込み、ニギニギと動かしてくれた。

「ああ、気持ちいい。真弓さんも、どうか私にして下さいませ……」

修吾は言い、仰向けの受け身体勢になりながら、彼女の顔を股間の方へと押しやった。

すると真弓も素直に移動し、やがて彼が大股開きになると、その真ん中に陣取って腹這い、白い顔を股間に迫らせてきた。

美女の熱い視線と息を快感の中心部に感じ、修吾は期待と興奮に胸を高鳴らせ、ヒクヒクと幹を上下に震わせたのだった。

五

「どうか、少しでいいからお口で……」

修吾がせがむと、真弓もとろんとした表情で顔を寄せ、指で幹を支えながらチロリと先端を舐めてくれた。

「アア……」

修吾は、電撃のような激しい快感に喘ぎ、懸命に肛門を引き締めて暴発を堪えた。真弓も、舌先で鈴口から滲(にじ)む粘液を舐め回し、張りつめた亀頭にもしゃぶり付いてきた。

もし弥生の指で果てたあとでなかったら、真弓の舌が触れただけで昇り詰めてしまったことだろう。

真弓は丸く開いた口で亀頭をくわえ、さらに喉の奥までスッポリと呑み込んでくれた。熱い鼻息が恥毛をそよがせ、濡れた唇が幹を締め付け、内部では恐る恐る舌が触れて蠢いた。

たちまち一物は、美女の唾液に生温かくまみれて快感に震えた。

そして彼が絶頂を迫らせる前に、真弓が息苦しくなったようにスポンと口を引き離した。

「どうか、跨いで入れて下さい」

「私が上など……」

「そうしてほしいのです」

言いながら真弓の手を引くと、彼女も意を決して身を起こし、修吾の股間に跨がってきた。互いの股間を舐めたり舐められたりするよりも、挿入の方が抵抗ないのだろう。

彼女は幹に指を添え、自らの唾液に濡れた先端に陰戸を押し当て、息を詰めて位置を定めてきた。

そして頰を引き締め、ゆっくりと腰を沈めて無垢な一物を受け入れていった。

たちまち修吾自身は、ヌルヌルッと心地よい肉襞の摩擦を受けながら、根元まで呑み込まれてしまった。

「アアッ……！」

真弓が顔を上向けて喘ぎ、完全に座り込んで股間を密着させた。

修吾も、あまりの快感に絶頂を抑えるのが精一杯だった。

しゃぶってもらうのも心地よいが、やはり男女が一体となる情交こそ、最高の快楽なのだと実感した。

一物が根元まで陰戸のヌメリと温もりに包まれ、じっとしていても息づくような収縮と締め付けが何とも心地よく、少しでも気を緩(ゆる)めると昇り詰めてしまいそうだった。

真弓は目を閉じ、恐らく久しぶりであろう男を嚙み締め、色っぽく口を半開きにして熱い呼吸を繰り返していた。

やがて上体を起こしていられなくなったように身を重ね、修吾も両手を回して抱き留めた。

肌の前面が密着し、彼の胸に豊かな乳房が押し付けられて弾んだ。

なるほど、これほど心地よいものならば、女一人を巡って殺し合いが起きたり城が傾（かたむ）くのも頷（うなず）ける思いだった。

これに比べれば、手すさびなど子供の遊びに過ぎなかった。それほど、陰戸というのは一物の最適な居場所という印象であった。

やがて彼は両膝を立て、膣内の感触のみならず美女の内腿や尻の丸みも味わいながら、無意識にズンズンと股間を突き上げはじめた。

「あう……、すごい……」

真弓が彼の耳元で熱く息を弾ませて言い、小刻（こきざ）みな突き上げに合わせ、緩やかに腰を遣って応えてくれた。

ぎこちない動きも次第に一致し、しかも大量に淫水が溢れて律動が滑らかになり、クチュクチュと淫らに湿った摩擦音が響きはじめた。

修吾は真弓に顔を向け、唇を重ね、舌を挿し入れていった。

唇の感触と唾液の湿り気を味わい、滑らかな歯並びを舐めると、彼女も口を開いて受け入れ、ネットリと舌をからませてきた。

真弓の舌は生温かな唾液に濡れ、滑らかな感触が実に心地よく、湿り気ある息が甘く匂った。

彼女の吐息は、弥生に似て花粉のような匂いを含み、悩ましく鼻腔の天井を刺激してきた。

「ンン……」

真弓も熱く鼻を鳴らし、次第に夢中になって彼の舌に吸い付き、腰を動かし続けた。

しかも彼女が下向きだから、清らかな唾液もトロトロと流れ込んできた。

修吾は、美女の唾液と吐息を吸収してうっとりと酔いしれ、たちまち絶頂が迫ってきた。

「い、いく……」

僅かに口を離して言い、そのまま真弓の口に鼻を押しつけ、甘い息を胸いっぱい嗅ぎながら昇り詰めてしまった。

下からしがみつきながら股間をぶつけるように激しく突き上げ、摩擦快感の中熱い大量の精汁を勢いよく内部にほとばしらせると、

「あ、熱いわ……、感じる……、アアーッ……！」

噴出を受け止めた真弓も、たちまち声を上ずらせ、ガクンガクンと狂おしい痙

攣を開始した。どうやら本格的に気を遣ってしまったようだ。

修吾は心ゆくまで快感を貪り、最後の一滴まで出し尽くした。

そして満足しながら徐々に突き上げを弱めていくと、

「ああ……」

真弓も満足げに声を洩らし、熟れ肌の強ばりを解いてグッタリと体重を預けてきた。

彼は美女の重みと温もりを受け止め、まだ収縮する膣内の刺激にヒクヒクと過敏に幹を震わせた。すると真弓も感じすぎるように、キュッと締め付けて押さえつけてきた。

(これが情交なんだ……)

修吾は感激に胸を震わせて思い、真弓の熱く甘い息を間近に嗅ぎながら、うっとりと快感の余韻に浸り込んだのだった。

彼女も荒い息遣いを繰り返し、しばし放心していたが、ようやく我に返ると懸命に身を起こし、股間を引き離した。

そして脱いだ着物から懐紙を取り出し、手早く自分で陰戸を拭ってから彼の股間に向かい、精汁と淫水にまみれた一物を包み込み、丁寧に拭き清めてくれたのだった。

修吾は、自分で空しく精汁の処理をしなくて済むのが嬉しく、あらためて生身の女と交わった実感を嚙み締めたのだった。

真弓も、処理を終えるとまだ力が入らないようで、再び添い寝して身を投げ出していた。

「こんなに良いものとは思いませんでした。お教え頂き、有難うございます」

「いいえ……、私も、まだ震えが止まりません。こんなに感じてしまったのは初めてで……」

感謝を込めて言うと、真弓も本当に息も絶えだえになり、声をかすれさせて小さく答えた。

感じたのも初めてなら、足や陰戸を舐められたり茶臼（女上位）で交わったのも初めてなのだろう。

恐らく亡夫とも、暗い中で探り合って口吸いをし、ろくに濡れないうちに挿入という程度に違いない。それでも何度かするうちには挿入の快感にも目覚め、そんな矢先に夫を喪ったようだった。

まあ、武士は女体を隅々まで愛撫などしないのだろうから、修吾は自分だけおかしいのかと思った。

それでも春本には、陰戸や一物を舐め合う絵も描かれていたので、町人がしているのなら、武士だって気持ちは同じだろうと思うのである。

要は、武家社会は立て前の世界であり、大っぴらに言わないだけで陰ではみな好き勝手にしているのだろう。

国家老という、藩主に次ぐ家柄に生まれながら、修吾はどこか型にはまらない考え方をする性格であった。

「どうか、これからもお願い致します」

「ええ……、多くの若い娘がいる場所ですから、そちらに手を出されても困りますし……。でも、私の身体がもつかどうか……」

彼が言うと、真弓は激しい快楽を思い出したように、ピクッと身震いしながら答えた。

ようやく真弓も呼吸を整え、起き上がって身繕いをした。

「では、明日にも娘たちの名と顔を陰から見て覚えて頂きます」

「分かりました」

修吾も身を起こし、下帯と襦袢を着けながら答えた。

「弥生様は大丈夫でしょうか。気をつけていて下さいませ」

「何とお優しい。あんな仕打ちをされたのに。まあ腹を召すようなことはないでしょうが、むろん承知しておりますので」

真弓は言ったが、もちろん修吾は弥生を悪く思っていないどころか、また容赦ない責めを受けてみたい気になっているのだった。

やがて真弓は髪を整え、静かに小屋を出ていった。

第二章　生娘は好奇心に濡れて

一

「間もなく、私はこちらに来られなくなります」

桜桃舎に出入りの農家の娘、小梅が小屋に来て修吾に言った。

「どうして？」

「もうすぐお嫁に行くかも知れないんです。何だか、おとっつぁんとおっかさんが相談していて、まだ会ったことない隣村の一人息子なのだけど、良い人だからって」

「そう、知り合ったばかりなのに寂しくなるな」

修吾は答え、笑窪と八重歯の愛くるしい美少女を見た。

昨夜は、修吾は娘たちが入った湯殿に、一番あとから浸かり、生ぬるく甘ったるい残り香に陶然となったものだった。

しかし、さすがに躾（しつけ）が行き届いているので、彼女たちは湯殿も厠（かわや）も綺麗（きれい）に使っていた。だが二十人もの娘たちの匂（にお）いばかりは消しようもなく、修吾は勃起の治まらないときはないほどだった。

そして食事も、娘たちが厨（くりや）から引き上げた最後にそっと済ませるが、これも生娘（きむすめ）たちの残飯を漁（あさ）るようで密（ひそ）かな興奮が湧（わ）いたものだった。

弥生は、真弓の話では熱を出して寝込んでいるようなので、回復を待ってからあらためて三人で話し合おうということになった。やはり、家老の息子にした仕打ちで塞（ふさ）ぎ込んでしまったのだろう。

「まあ、親御さんが選んだのだから、きっと幸せになれるだろう」

修吾は小梅に言った。

「ええ、でも心配なんです」

「何が？」

「男と女の交わりって、痛いと聞きますし恥ずかしいので気になって……」

小梅がモジモジと言って俯（うつむ）いた。

ほんのり甘ったるい匂いが濃く揺らめいたので、相当に不安で、全身が汗ばんでいるのだろう。

「ああ、そんな心配は要らないよ。相手の男がしっかりしていれば、痛くないようにしてくれるはずだ」

答えながら修吾は、いつしかムクムクと勃起してきてしまった。

「痛くないように、どのようにしてくれるんでしょうか。相手は豪農の息子で我が儘だったら、そんなに優しくしてくれないかも……」

「陰戸を長く舐めてくれれば濡れるし、淫気と快楽が高まって痛みは和らぐはずだが」

「まあ……、舐めるですって……。そんなこと修吾さんも出来るのですか……」

「それは、大っぴらには言わないけれど、二人きりの秘め事だからね、まして小梅ちゃんのように可愛ければ誰でも舐めたくなると思うよ」

「そんな、恥ずかしいこと……」

小梅は言い、さらに掻き合わせた両膝をモゾモゾと動かして頰を紅潮させた。

「何なら、試してみようか。ここへは誰も来ないから」

修吾は思いきって言ってみた。

「でも……」

「恥ずかしさにも慣れるし、いきなり初夜で初めては心配だろう」

「ええ……、修吾さんは優しくて好きだから、試してもらえると嬉しいのだけれど……」

どうやら心底から嫌ではないらしく、修吾は興奮に身を乗り出した。

武家らしい暮らしではないように装うため、布団は敷きっぱなしだ。

「脱いでごらん。初めて会う男の前で脱ぐより気が楽だろうし、そのときのための稽古になるからね」

駄目で元々といった感じで言うと、何と小梅は小さく頷き、立ち上がって帯を解きはじめてくれたのである。どうやら不安以上に、好奇心も旺盛なのかも知れない。

真弓ほどきっちり着込んでいないから、たちまち小梅は一糸まとわぬ姿になって布団に仰向けになり、両手で胸を隠した。

小麦色の肌が健康的に息づき、全身がどこもムチムチとして張りがありそうだった。

股間の翳りも淡く、ほんのひとつまみほど恥ずかしげに煙り、着物の内に籠もっていた汗の匂いが甘ったるく室内に立ち籠めた。

修吾も手早く全裸になってしまい、小梅に迫って両手を胸から引き離した。

膨らみは弥生ぐらいで、乳首も乳輪も実に初々しく淡い薄桃色をしていた。

そのまま屈み込み、チュッと吸い付いて舌で転がすと、

「あん……」

小梅が小さく声を洩らし、ビクリと肌を震わせた。

「くすぐったいかい？　少し我慢してね。これは必ずすることだから」

修吾は言い、再び含んで舐め回し、顔中で弾力ある膨らみの感触を味わった。

もう片方にも移動して吸い付くと、汗ばんだ胸元や腋からは、さらに濃厚に甘ったるい匂いが漂った。

両の乳首を味わうと、さらに腕を差し上げ、じっとり汗ばんだ腋の下にも鼻を埋め、和毛に籠もった体臭を貪った。

「く……」

小梅がくすぐったそうに呻き、彼は充分に生娘の汗の匂いを貪ってから、滑らかな肌を舐め下りていった。愛らしい縦長の臍を舐め、ピンと張り詰めた下腹から腰、ムッチリとした太腿を下降していった。

彼女は奥歯を噛み締めて息を詰め、懸命に初めての刺激に耐えていた。

脛はまばらな体毛があり、足首まで舐めると修吾は身を起こし、彼女の足首を

摑んで持ち上げた。

そして足裏に顔を押し付けて踵から土踏まずに舌を這わせ、縮こまった指の間に鼻を割り込ませて嗅いだ。やはりそこは汗と脂に湿り、ムレムレの匂いが濃く沁み付いていた。

修吾は充分に嗅いでから爪先にしゃぶり付き、順々に指の股に舌を挿し入れて味わっていった。

「あう……、駄目、汚いのに……」

小梅が呻き、声を震わせて言った。

修吾は念入りに味わい尽くしてから、もう片方の足もしゃぶって味と匂いを吸収した。

やがて股を開かせて腹這い、脚の内側を舐め上げてゆき、張りのある内腿に頬ずりして生娘の陰戸に目を凝らした。

ぷっくりした丘には若草が淡く煙り、無垢な縦線の割れ目からは僅かに桃色の花びらがはみ出していた。指を当てて左右に広げると柔肉が丸見えになり、花弁のように襞の入り組む膣口が羞恥に息づいていた。

ポツンとした尿口もはっきり見え、包皮の下からは弥生や真弓より小粒のオサネが僅かに顔を覗かせていた。

実に初々しく清らかな色合いで、もう我慢できず、修吾は吸い寄せられるように顔を埋め込んでいった。

柔らかな恥毛に鼻を擦りつけて嗅ぐと、隅々には汗とゆばりの混じった匂いが生ぬるく籠もり、悩ましく鼻腔に沁み込んできた。

やはり武家も百姓も、基本的な匂いに変わりはない。

修吾は何度も胸いっぱいに嗅いで、生娘の体臭で鼻腔を満たし、舌を這わせていった。

陰唇の表面は汗かゆばりか判然としない微妙な味わいがあったが、中に挿し入れて膣口を舐めると、やはりほのかな淡い酸味のヌメリが感じられ、生娘でも感じると濡れるのだと分かった。

オサネまで舐め上げると、

「アアッ……！」

小梅がビクリと顔を仰け反らせて喘ぎ、内腿でキュッときつく彼の両頬を挟み付けてきた。

修吾がチロチロと舌先でオサネを刺激すると、確実にヌメリの量が増え、それをすって彼女の両脚を浮かせた。

尻の谷間には、ひっそりと薄桃色の蕾が閉じられ、鼻を埋めると秘めやかな微香が籠もっていた。これも武家女と、それほど違わない匂いである。

彼は可愛い匂いを貪ってから舌を這わせ、襞を濡らしてヌルッと潜り込ませて粘膜を味わった。

「あう……！」

小梅が呻き、きつく肛門で舌先を締め付けた。

修吾は舌を蠢かせてから脚を下ろしてやり、再び陰戸を舐めてヌメリをすすりオサネに吸い付いていった。

そして指先を膣口に当て、そろそろと挿し入れていくと、ヌメリに合わせて指が吸い込まれていった。さすがにきつい感じはあるが、蜜汁が充分なので根元まで入り、揉みほぐすように小刻みに内壁を擦った。

「ああン……」

「痛いかい？」

「いいえ……、変な感じ……」

小梅が答え、舌と指の動きに合わせてヒクヒクと下腹を波打たせせた。

膣内はくわえ込むようにきつく締まり、淫水も大量に溢(あふ)れて指の動きが滑らかになった。

これだけ濡れれば、問題なく挿入できるだろう。

修吾は指を引き抜いて舌を離し、身を起こしていった。

二

「ね、入れてみてもいいかい?」

「ええ……、して下さい、修吾さん……」

言うと、小梅も朦朧(もうろう)としながら答えた。

修吾は興奮と期待に胸を高鳴らせながら股間を進め、急角度に勃起した幹に指を添えて下向きにさせ、先端を濡れた陰戸に擦りつけた。

ヌメリを与えながら位置を探り、やがてゆっくりと押し込んでいった。

張りつめた亀頭が無垢な膣口を丸く押し広げると、あとは滑らかにヌルヌルッと挿入することが出来た。

「アアッ……!」

小梅が仰け反って喘ぎ、キュッときつく締め付けてきた。

中は熱く濡れ、きつく収縮する肉襞の摩擦に彼は懸命に暴発を堪えた。

そして温もりと感触を味わい、股間を密着させながら脚を伸ばし、身を重ねていくと小梅も支えを求めるように下から両手でしがみついてきた。

様子を探るように小刻みに腰を動かしてみると、背に回した彼女の両手に強い力が入った。

「大丈夫？」

「ええ……、平気です。どうか最後まで、してみて下さい……」

気遣って囁くと、小梅が破瓜の痛みに眉をひそめながらも健気に答えた。

桜ん坊のように愛らしくぷっくりした唇が開き、滑らかな歯並びと八重歯が覗いていた。

口から忙しげに洩れてくる息は熱く、果実のように甘酸っぱい芳香が含まれていた。

修吾は鼻を押しつけて美少女の息を嗅ぎ、悩ましい匂いで鼻腔を満たしながら徐々に腰の動きを速めていった。

そのまま唇を重ね、柔らかな感触を味わって舌を挿し入れ、歯並びから歯茎まで舐めてから、彼女の口に侵入させた。

小梅も歯を開いて受け入れ、恐る恐る舌を触れ合わせてきた。

滑らかに蠢く舌は、生温かな唾液にたっぷり濡れ、何とも美味しかった。

修吾は小梅の唾液と吐息に酔いしれながら肉襞の摩擦に高まり、とうとう絶頂に達してしまった。

「く……」

突き上がる大きな快感に呻き、ありったけの熱い精汁をドクドクと勢いよく注ぎ込むと、中に満ちるヌメリでさらに動きが滑らかになった。

「アア……」

噴出を感じたか、小梅が口を離して顔を仰け反らせて喘いだ。

修吾も快感の最中だけは気遣いを忘れ、股間をぶつけるように激しく動いてしまったが、やがて心置きなく最後の一滴まで出し尽くし、徐々に律動を弱めていった。

重なったまま呼吸を整え、小梅のかぐわしい息を間近に嗅ぎながら余韻を味わうと、ようやく彼は身を起こし、そろそろと股間を引き離した。

懐紙を手にして手早く一物を拭い、彼女の股間に顔を寄せると、陰唇は痛々しくめくれ、膣口から逆流する精汁にうっすらと血が混じっていた。

彼は優しく拭き清めてやり、再び添い寝していった。

「痛かった？」

「ええ、少し……。まだ何か入っているようです……」

「家へ帰って気づかれないかな」

「大丈夫です」

小梅が答えた。可憐(かれん)な顔立ちに似合わず、案外芯はしっかりし、強(したた)かな部分もあるのかも知れない。

そして肌をくっつけ合い温もりを感じているうち、また修吾自身はムクムクと回復してきてしまった。何しろ、初めて生娘を抱いたのだから、まだ興奮がくすぶっているのだ。

しかし、立て続けの挿入は負担だろう。

彼は、小梅の手を握(にぎ)って一物に導いた。

小梅も恐る恐る触れ、やがて亀頭を包み込んでニギニギと動かしてくれた。

「ああ、気持ちいいよ、すごく……」

修吾は言い、仰向けになりながら彼女の顔を股間へと押しやった。

するど小梅も、すぐに移動し、彼の股間に顔を寄せてきたのだ。

「これが入ったのね……」

彼女は言い、ためらいよりも好奇心を前面に出すように、さらに亀頭や幹、ふぐりにまで指を這わせてきた。

熱い視線と吐息を感じ、修吾自身は完全に元の硬さと大きさを取り戻してしまった。

「ね、嫌でなかったら、ほんの少しでいいから、お口で可愛がって……」

「ええ、嫌じゃないです……」

言うと小梅も答え、幹を指で支えながら先端に愛らしい舌を這わせはじめてくれた。

「ああ……」

修吾は快感に喘ぎ、小梅も舌先をチロチロと這わせ、鈴口から滲む粘液を舐め取ってくれた。

「くわえて、深く……」

せがむと小梅は丸く開いた口で亀頭を含み、喉の奥まで呑み込んできた。

美少女の口の中は温かく濡れ、唇が幹を締め付け、小梅は笑窪の浮かぶ頬をすぼめてチュッと吸い付いてくれた。

内部では舌がクチュクチュと無邪気に蠢き、たちまち一物全体は生温かく清らかな唾液にまみれて震えた。

修吾がズンズンと股間を突き上げると、

「ンン……」

先端で喉を突かれて小さく呻きながらも、小梅も顔を上下させ、濡れた口でスポスポと心地よい摩擦を繰り返してくれた。

彼は溶けてしまいそうな快感に包まれ、たちまち昇り詰めてしまった。

「い、いく……、飲んで……」

身悶え(みもだ)ながら口走ると同時に、熱い大量の精汁が勢いよくほとばしり、彼女の喉の奥を直撃した。

「ク……」

小梅が驚いたように呻いたが、歯を当てることもなく、さらに舌の動きと吸引を続けて噴出を受け止めてくれた。修吾も、心ゆくまで快感を味わい、最後の一滴まで出し尽くしてしまった。

「ああ……、気持ち良かった……」

彼は硬直を解いて吐息混じりに言い、グッタリと身を投げ出した。

すると小梅も舌の動きを止め、亀頭を含んだまま口に溜まった精汁をゴクンと飲み干してくれた。

「あう……」

嚥下とともに口腔がキュッと締まり、修吾は駄目押しの快感に呻いた。

ようやく小梅がチュパッと口を引き離し、なおもまだ出るかどうか幹を握ってしごき、鈴口に脹らむ余りの雫まで丁寧にチロチロと舐め取ってくれた。

「く……、も、もういいよ、有難う……」

修吾は、射精直後の亀頭を過敏にヒクヒクと震わせ、降参するように腰をよじらせて言った。

小梅も舌を引っ込め、特に不味そうな様子もなく顔を上げた。

彼は抱き寄せて添い寝させ、乳臭い髪の匂いを嗅ぎながら余韻を味わった。

「言われないかぎり、自分から口でしてはいけないよ」

「ええ、分かってます。ちゃんと何も知らないふりをしますから」

修吾が言うと、また小梅は心配など要らないというふうに、しっかりと答えたのだった。

やがて呼吸を整えると修吾は起きて身繕(みづくろ)いし、もう一度小梅の陰戸を観察したが、もう出血は治まっていた。

見たら舐めたくなったが、また始まってしまうし彼女もそろそろ帰らなければならないだろう。

我慢して身を離すと、小梅もてきぱきと身繕いをして髪の乱れを整えた。それほど、生娘でなくなった悲哀や後悔はなく安心した一方で、泣かれるよりずっと良いのだが、意外なほどさっぱりした表情なのが少し寂しかった。

「ちゃんと歩けるかな」

「はい、平気です。あの、出来たらまた教えて下さい」

「本当？」

「ええ、入れられるのは少し痛かったけれど、舐められたときは、すごく恥ずかしいのに、雲の上にいるように気持ち良かったので……」

小梅は答え、また羞恥を甦(よみがえ)らせたように耳たぶまで赤く染めた。

「うん、分かった。じゃ、くれぐれも親たちに気取られないようにね」

修吾が言うと小梅は愛らしい顔でこっくりし、やがて帰っていったのだった。

三

「いかがですか、具合は」

「あ……！」

寝巻姿で弥生の部屋を訪ねた修吾が言うと、臥せっていた彼女が驚いて声を洩らし、慌てて起き上がろうとした。

それを制し、彼は弥生の肩を押さえながら枕元に座った。

もう夕餉も済み、あとは寝るだけの刻限だ。風呂も火事を恐れ、そう毎晩は焚いていない。

室内には行燈が灯り、甘ったるい濃厚な匂いが籠もっていた。

弥生は、娘たちの稽古も見ず、終日塞ぎ込んで、厠以外では部屋から出なかったのだろう。

彼は真弓の許しをもらい、他の娘と顔を合わせぬよう気をつけながら弥生の部屋へ入れてもらったのだった。他の娘たちは一部屋に数人で寝起きしているが、剣術指南の弥生は奥まったところにある一人部屋だ。

「食事はしましたか」

「ええ……、少し……」

「熱は？」

言って修吾は弥生の額にそっと触れた。

「あ……、どうか、お構いなさいませぬよう……」

「もう下がったようですね。ならば明日は、真弓さんと三人で打ち合わせしましょう」

「ええ……」

弥生も、横になったまま素直に頷いた。

恐らく今まで剣術自慢で、自信を持って生きてきたのだろう。それが大失態をして気鬱になり、しかも淫気に目を輝かせて責めているところを、真弓に見られたことも衝撃だったようだ。

「本当に……、知らぬこととはいえ御無礼致しました。どのようにお詫びしたものか、昨夜からずっと考えておりました……」

「そんなことといいですよ。何も気にしていません」

「そう仰られても、私の気持ちが……」

弥生は涙ぐみ、声を詰まらせた。

「いいえ、むしろ私は生まれて初めて女の方に触れられて、本当に嬉しかったのですよ」

「そんな筈(はず)は……、どうか私を、お気の済むまで打擲(ちょうちゃく)くださいませ……」

彼女が、とうとうぽろりと涙をこぼして言った。

「ならば、好き勝手にして構いませんか」

修吾は胸を高鳴らせ、ムクムクと勃起しながら言った。

「はい、どのようにでもご存分に……」

「では」

修吾は手を伸ばし、掻巻(かいまき)をはいだ。弥生は、寝巻一枚だ。そして帯を解いてシュルッと引き抜き、寝巻を左右に開いた。

「ああ……」

弥生が声を洩らし、さらに濃い匂いを揺らめかせた。

彼女は下には何も着けておらず、初めて触れた乳房や引き締まった腹、股間の茂(しげ)みも丸見えになった。弥生は、まだ彼の意図を察することが出来ず、ただ息を詰めて身を投げ出しているだけだった。

修吾は、もちろん叩くでも犯すでもなく、彼女の足の方に移動して屈み込み、足裏に舌を這わせて指の匂いを嗅いだ。

彼女は昨日の出来事からずっと家にいたので、身体も流しておらず、歯も磨いていないかも知れない。

だから指の股には、蒸れた匂いが濃厚に沁み付いていた。

「あッ……、何をなさいます……！」

「やりたいことをするだけです。そうすれば、弥生様が私にしたことは、私が求めていることだと分かり、気持ちも楽になることでしょう」

修吾は言って、充分に嗅いでから爪先にしゃぶり付き、指の股に順々にヌルッと舌を割り込ませていった。

「あう……！　そのようなこと、自分からしたがる者など……」

弥生が言うので、修吾はいったん身を起こし、手早く自分の寝巻も脱ぎ去ってしまった。

下帯は着けておらず、勃起した一物がぶるんと急角度に露出した。

「これが証しです。嫌なことを無理にしていれば、勃つはずありません。生娘でも、それぐらいはお分かりでしょう」

彼は言い、再び爪先をしゃぶり、両足とも全ての指の間を念入りに貪ってしまった。

「ああッ……、どうか、おやめ下さい……」

弥生は声を震わせて願ったが、修吾は逞しい足裏も舐め回し、やがて脚の内側を舐め上げて股間へ顔を進めていった。

引き締まった内腿を舐めてから、熱気の籠もる陰戸に迫ったが、さすがにまだ淫水は溢れていない。

修吾は顔を埋め込み、柔らかな茂みに鼻を擦りつけ、生ぬるい汗とゆばりの匂いで鼻腔を満たし、舌を這わせていった。

昨日以上に体臭が濃く、彼は弥生の匂いに酔いしれ、舌先で膣口の襞をクチュクチュと掻き回し、小梅よりずっと大きなオサネまで舐め上げた。

「アア……、い、いけません……」

弥生は身を弓なりに反らせて喘ぎ、内腿の激しい力でキュッと彼の両耳を挟み付けてきた。

修吾はもがく腰を抱え込んで押さえつけ、執拗にチロチロとオサネを舐め回してチュッと吸い付いた。

「あう……、ど、どうか……」

弥生は呻き、朦朧となりながらもヒクヒクと下腹を波打たせ、しきりに腰をよじって反応した。

蜜汁もたっぷりと溢れはじめ、たまに彼はオサネから舌を離して割れ目内部に溜まったヌメリをすすっては、またオサネを執拗に舐め、吸い付いた。

「どうか、このように」

やがて修吾は口を離して言い、彼女の両脚を浮かせ、襁褓(おしめ)でも当てるように尻を突き出させた。

谷間に閉じられた蕾は、やや肉を盛り上げて艶(なま)めかしい形状をし、鼻を埋めて嗅ぐと秘めやかな匂いが鼻腔を刺激してきた。

舌を這わせて襞を濡らし、ヌルッと潜り込ませて粘膜を味わい、出し入れさせるように蠢かすと、

「く……、駄目……」

弥生が呻き、キュッキュッと肛門を収縮させて舌先を締め付けてきた。

修吾は充分に味わい、脚を下ろして再び陰戸に戻って淫水をすすり、オサネを舐め回した。

っていった。

「ど、どうか、もうご勘弁を……」

弥生が絶頂を迫らせたように、クネクネと腰を動かして哀願した。

ようやく修吾も股間から顔を離して添い寝し、息づく乳房に顔を押し付けていった。

ツンと突き立った乳首を含んで舌で転がし、顔中で膨らみの感触を味わうと、何とも甘ったるい汗の匂いが漂った。

「アア……」

弥生が何度かビクッと顔を仰け反らせ、熱く喘いだ。拒むことも出来ないほど全身から力が抜けているようだ。

しかし陰戸を舐められるより、乳房の方がまだ気が楽らしく、次第に弥生も彼に両手を回して抱きすくめてきた。

修吾はのしかかり、左右の乳首を交互に含んで舐め回し、さらに腕を差し上げて腋の下にも鼻を埋め込んだ。柔らかな腋毛が生ぬるく湿り、濃厚に甘ったるい汗の匂いが胸に沁み込んできた。

彼は腋の匂いに噎せ返りながら、手を伸ばして陰戸を探り、指の腹でクリクリとオサネをいじった。

「しゅ、修吾様、どうか、入れて下さいませ……」

弥生が、快感を高めて言った。

「良いのですか。生娘でなくなっても……」

「ええ……、大女ゆえ嫁入りは諦め、剣一筋に生きて参りましたが、情交はしてみたいです。これからは修吾様や真弓さんと同じ厠を使いますので、どうか願いを……」

弥生が、懇願するように言った。

「分かりました。では先に、これを可愛がって下さいませ」

修吾は言って彼女の手を取り、一物へと導いた。

すると弥生もやんわりと握って身を起こし、顔を寄せていった。

そして彼が大股開きになると、弥生もその真ん中に陣取って腹這い、顔を寄せてきた。

束ねた長い髪が肩からサラリと流れ、彼の下腹をくすぐった。

昨日は、彼をいたぶることに目をキラキラと輝かせていたが、今日は慈しみを込めた熱っぽい眼差しで一物を見つめ、指で撫で回し、とうとう頬ずりまでしてきた。

そのまま先端に舌を這わせ、鈴口から滲む粘液を舐め取り、丸く開いた口でスッポリと根元まで呑み込んでいった。

「ああ……」

修吾は喘ぎ、温かく濡れた美女の口の中で快感に幹を震わせた。

四

「ンン……」

弥生は喉につかえるほど深々と含んで熱く鼻を鳴らし、息で恥毛をくすぐりながらネットリと舌をからめてきた。

股間を見ると、彼女は紅潮した頬をすぼめて吸い付き、淫(みだ)らにモグモグと幹を締め付けていた。

張り形を使って自分を慰(なぐさ)めていたようだから、恐らく作り物の一物にも、このように愛撫していたのだろう。

そして当然、生娘とはいえ張り形の挿入に慣れているならば、初回でも破瓜の痛みなどはなく、すぐにも気を遣(や)ってしまうかも知れない。

さらに弥生は顔全体を小刻みに上下させ、濡れた唇でスポスポと強烈な摩擦を開始していった。

「い、いきそう……」

修吾が言うと、弥生もスポンと口を引き離して顔を上げた。

「では、どうかお入れ下さいませ……」

「弥生さんが上になって下さい」

「それはなりません……」

「そうしてほしいのです。さあどうか」

修吾は言い、彼女の手を握って引き寄せた。

すると弥生も諦めたように、いや淫気に突き動かされるように身を起こし、彼の股間に跨がってきた。

幹に指を添え、自らの唾液に濡れた先端に割れ目を押し付け、位置を定めてゆっくりと受け入れていった。

張りつめた亀頭が潜り込むと、あとは彼女も滑らかに腰を沈め、ヌルヌルッと根元まで納めて座り込んだ。

「アアッ……！」

弥生が顔を仰け反らせ、密着させた股間をグリグリと強く押しつけてきた。

修吾も熱く濡れた膣内にキュッと締め付けられ、肉襞の摩擦と温もりを嚙み締めながら暴発を堪えた。

弥生は目を閉じ、しばし硬直しながら味わうようにキュッキュッと締め付けていたが、やがて身を重ねてきた。

彼も両手を回して抱き留め、大柄な美女の重みを受け止めた。

「ああ……、血が通って温かい。こんなに心地よいなんて……」

弥生が彼の耳元で、熱く喘ぎながら言った。やはり張り形は硬いばかりで、生身の一物の方がずっと良いのだろう。

まだ動かずに温もりと感触を味わい、修吾は顔を寄せてピッタリと唇を重ねていった。

弥生も強く押し付け、熱い息を震わせながら自分から舌を挿し入れてきた。

修吾は歯を開いて受け入れ、滑らかに蠢く舌を舐め回し、生温かな唾液のヌメリを味わった。

彼女も執拗に舌をからめながら、徐々に腰を遣いはじめた。溢れる淫水で、たちまち動きが滑らかになり、クチュクチュと湿った摩擦音が響いた。

「ああッ……、いい気持ち……」

弥生が口を離し、淫らに唾液の糸を引きながら喘いだ。

彼女の口から吐き出される息は昨日より甘い花粉臭が濃厚で、強い刺激が悩ましく鼻腔を満たしてきた。

嗅ぐたびに胸の奥まで女丈夫(じょじょうふ)の匂いが沁み込み、その刺激が一物に心地よく伝わっていった。

彼女は、次第に激しく股間をしゃくり上げるように動かしてきた。

恥毛が擦れ合い、胸にも乳房が押し付けられ、コリコリする恥骨の膨らみも伝わった。

修吾も、徐々に動きに合わせて股間を突き上げはじめた。最初はぎこちなかったが、次第に互いの動きも一致し、溢れる淫水が彼の陰嚢から肛門の方まで伝い流れてきた。

「アア……、いきそう……」

弥生が喘ぎ、内部の収縮もキュッキュッと活発になってきた。

「ね、弥生様。唾(つば)を出して……」

「だ、駄目、そんなこと……」

囁(ささや)くと、弥生が快楽を中断したように声を震わせて嫌々をした。

「どうか、飲みたいのでいっぱい出して下さい」

せがむと、弥生も高まりで朦朧となり、それほど望むのならばと懸命に唾液を分泌させた。そして形良い唇をすぼめ、白っぽく小泡の多い唾液をトロトロと吐き出してくれた。

糸を引く唾液の固まりを舌に受けて味わい、修吾はうっとりと飲み込んだ。

「ね、顔にも思い切り吐きかけて下さい」

「どうか、もう苛(いじ)めないで……」

「どうしても、恐い顔で睨(にら)まれて吐きかけられたいんです」

股間を突き上げながら言うと、また弥生は快感に身を任せ、すぐにも言いなりになってくれた。

「本当に良いのですね。お許しを……」

彼女は言うなり修吾を近々と見下ろし、ペッと勢いよく唾液を吐きかけてくれた。甘い刺激の息とともに、生温かな唾液が鼻筋を濡らし、頬の丸みをトロリと伝い流れた。

「ああ……、いきそう……」

修吾はうっとりと言い、弥生も本当に彼がこうした行為を求めていることを察したようだ。

さらに彼女の顔を抱き寄せ、かぐわしい口に鼻を押しつけた。

すると弥生もヌラヌラと舌を這わせ、腰の動きを速めてきた。

修吾は、美女の口の匂いと唾液のヌメリに酔いしれ、急激に絶頂を迫らせていった。

しかし彼女の方が、先に気を遣ってしまったようだ。

「き、気持ちいい……、アアーッ……！」

弥生が声を上ずらせて口走るなり、そのままガクンガクンと狂（くる）おしい痙攣（けいれん）を起こし、膣内の収縮も最高潮にさせた。

同時に修吾も、その勢いに巻き込まれるように昇り詰めてしまった。

「く……！」

突き上がる絶頂の快感に呻き、ありったけの熱い精汁をドクドクと勢いよく内部にほとばしらせた。

「あう、熱い、もっと……」

噴出を感じ、弥生は駄目押しの快感を得たように呻いて締め付けた。

やはり張り形は射精までしないから、内部に広がる温もりは格別なものなのだろう。

修吾は快感を噛み締め、心置きなく最後の一滴まで出し尽くしていった。

すっかり満足しながら突き上げを弱めていくと、弥生も徐々に肌の強ばりを解き、ぐんにゃりと力を抜いてもたれかかってきた。

まだ膣内は名残惜しげな収縮を繰り返し、刺激されるたび幹がヒクヒクと過敏に跳ね上がった。

「アア……、とうとう男を知ってしまった……」

弥生が、感無量といった感じで呟き、荒い呼吸を繰り返した。

修吾は美女の重みと温もりを受け止め、熱く甘い息を間近に嗅ぎながら、うっとりと快感の余韻を噛み締めたのだった。

やがて呼吸を整えた弥生は、いつまでも乗っているのは申し訳ないと思ったのか、そろそろと身を起こして股間を引き離した。

そして懐紙で陰戸を拭いながら彼の股間に顔を寄せ、淫水と精汁にまみれている亀頭にしゃぶり付いたのだ。

執拗に舌を這わせてすすり、白濁の雫をコクンと飲み込んだ。

「ああ……」

修吾は喘ぎ、腰をよじらせて敏感に反応したが、すぐにも彼女の口の中でムクムクと回復していった。

「すごい、もうこんなに……」

弥生がチュパッと口を離して言い、さらに気づいたように、内腿の歯形の痕(あと)をそっと舐めた。

「本当に、申し訳ないことを……」

彼女は言って舌を這わせたが、それでも小梅が気づかなかったぐらい痕は薄れていた。

「もういいですよ。それより、また嚙んで下さい」

「とんでもない……」

言われて弥生は尻込みしたが、鎌首を持ち上げた一物を見ると、まだ淫気をくすぶらせているように、反対側の内腿にそっと歯を立ててくれた。

「アア、もっと強く……」

喘いでせがむと、さらに肉棒がピンピンに突き立ち、また弥生は彼が本心から求めていることを察したようだった。

「ね、修吾様、もう一度入れて下さい。今度は私が下に……」

弥生が言い、仰向けに身を投げ出していった。

もちろん勃起した以上、修吾ももう一回する気になり、身を起こすと本手（正常位）で股間を進めた。

まだ淫水に濡れている割れ目に先端を押し付けると、彼はゆっくりと挿入して身を重ねていった。

五

「ああッ……、いいわ、温かくてなんて心地よい……」

根元までヌルヌルッと貫くと、弥生が身を反らせて喘ぎ、キュッときつく締め付けてきた。

修吾は股間を密着させ、脚を伸ばして身を重ねた。

彼女も両手でしがみつき、待ちきれないようにすぐにもズンズンと股間を突き上げはじめた。さすがに頑丈に出来ているから体重をかけても問題なく、淫気も際限なく湧き上がるようだった。

修吾も、次第に激しくなる突き上げに合わせて腰を遣い、何とも心地よい摩擦に陶然となっていった。上から唇を重ねて舌をからめ、熱く甘い息の匂いに鼻腔を刺激されながら高まっていくと、弥生が口を離して囁いた。

「修吾様、お尻の穴に入れて……」

「え……？」

彼は、弥生の言葉に思わず聞き返した。

「私は、幼い頃から男になりたかったので、陰間のようにお尻を犯されたいのです……」

弥生が言い、修吾も新たな好奇心に胸を高鳴らせた。

彼女も情交をして生娘でなくなり、気が済んだので、もう一つの願望が頭をもたげてきたのだろう。

「は、入りますか……」

「ええ、入ります。張り形で試したことがあります」

訊くと、弥生が答えながら新たな淫水を溢れさせた。

どうやら激しい稽古で力んでいるからではなく、張り形の挿入により肛門が僅かに突き出た形状をしていたのかも知れない。

「では、無理だったら言って下さい」

修吾は身を起こし、そっと一物を引き抜いた。

すると弥生が大胆にも両脚を浮かせ、自ら抱え込んで尻を突き出してきた。

色づいた肛門は、陰戸から伝い流れる精汁混じりの淫水にヌメヌメと妖しく濡れていた。

彼は興奮と緊張に胸を震わせ、幹に指を添えて先端を蕾に押し当てた。

まさか初物をもらった直後、今度は無垢な肛門に入れられるなどとは夢にも思っていなかった。

さすがに生娘とはいえ二十三にもなり、同じ生娘だった十七の小梅とは段違いであった。

「入れますよ」

言うと、弥生は身構えるように肌を強ばらせたが、口で呼吸をして少しでも力を緩めるよう努めた。

修吾は息を詰め、グイッと思い切り股間を突き出した。すると、張りつめた亀頭が蕾を丸く押し広げて潜り込み、襞が伸びきって今にも裂けそうなほどピンと張って光沢を放った。

「あう……、お願い、奥まで……」

弥生が呻きながら言い、修吾も勢いを付けてズブズブと押し込んでいった。

しかし、きついのは入り口だけで、中は思ったより楽に深々と入れることが出来た。

内壁は滑らかで、思っていたほどのべたつきなどもなく、やがて根元まで挿入すると、尻の丸みが心地よく彼の下腹部に密着して弾(はず)んだ。

「ああ……、嬉しい……」

弥生はキュッと締め付けながら喘ぎ、空いている陰戸に自分で指を這わせはじめた。

あるいは日頃から、このように自分で慰めていたのだろう。

「突いて……、中に出して下さいませ……」

弥生が言い、自らオサネを激しく指で擦った。快楽の高まりで膣内が収縮すると、連動して肛門内部も心地よく締まった。

修吾もいったん腰を引いてはズンと突き入れ、それを繰り返すうち徐々に動きが滑らかになってきた。彼女が力の緩急の付け方に慣れ、修吾も膣と違う角度に慣れてきたのだろう。

締まる内壁に擦られているうち、彼はたちまち絶頂が迫ってきた。

通常でない場所に入れているという興奮が、快感に拍車を掛けているようだ。

そして弥生も、尻を犯されている快感とオサネへの刺激でヒクヒクと肌を波打たせはじめた。

「い、いく……！」

とうとう修吾は昇り詰めて口走り、二度目とも思えぬ快感と量で、ドクドクと内部に精汁を注入した。

「あう、出ているのね……」

弥生が噴出を感じて呻き、呑み込むようにキュッキュッと収縮させた。そして彼女もまた顔を仰け反らせ、ヒクヒクと絶頂の痙攣を起こし、狂おしくオサネを擦り続けた。

内部に満ちる精汁に、さらに律動がヌラヌラと滑らかになった。

「ああ……」

修吾は全て出し切り、声を洩らして動きを弱めていった。

いつしか、弥生もグッタリと満足げに身を投げ出し、荒い息遣いを繰り返していた。

すると引き抜こうともしないのに、肛門の締まりとヌメリで、一物がヌルッと押し出されて、何やら美女に排泄されるような興奮が湧いた。

肛門は僅かに開いて粘膜を覗かせていたが、徐々につぼまり、元の可憐な形状に戻っていった。

「さあ、湯殿で洗いましょう……」

弥生が言って、懸命に身を起こしてきた。修吾も立ち上がり、互いに支え合いながら部屋を出ると、暗い廊下を急いで湯殿へと行った。

娘たちも、規則正しい暮らしをしているので、みな眠っているだろう。

今宵(こよい)は風呂を焚いていないが、防火のため風呂桶(おけ)には残り湯が張られたままになっている。

暗い中で手桶に水を汲(く)み、互いの股間を洗い流すと、

「ゆばりを放って下さい、中も洗わないと」

弥生が言い、修吾も懸命に尿意を高めてチョロチョロと放尿した。

出し終えると彼女が甲斐甲斐(かいがい)しく、もう一度洗い流し、消毒のためか屈み込んで鈴口をチロリと舐めてくれた。

「どうか、弥生様も出して下さい」

修吾は簀の子に座り、目の前に弥生を立たせて言った。そして片方の足を浮かせて風呂桶に乗せ、開いた股に顔を寄せた。

「そ、そんな……」

「どうか、どうしても見てみたいので……」

尻込みする弥生に言い、彼は腰を抱えて茂みに鼻を埋めた。残念ながら濃かった匂いは薄れてしまったが、それでも陰戸を舐めると、すぐにも新たな淫水が湧き出してきた。

「アア……、本当に、出てしまいますよ……」

「ええ、どうぞ」

弥生が声を震わせて言い、修吾は促すようにオサネを吸い、柔肉を掻き回すように舐めた。

「あう……」

彼女がガクガクと膝を震わせて呻くと同時に、柔肉が迫り出すように盛り上がり、温もりと味わいが変化した。

そしてチョロチョロと温かな流れがほとばしり、彼の口に注がれてきたのだ。

「あぁッ……、駄目……」

弥生が弟の悪戯でも叱るように言い、それでもいったん放たれた流れは止めようがなかった。

修吾は温もりと味わいを嚙み締め、喉に流し込んだ。それほど不快ではなく、実に匂いも味も淡く控えめだった。

流れに勢いがつくと、口から溢れた分が胸から腹へ温かく伝い流れ、また回復してきた一物を心地よく浸してきた。

出来れば昨日の責めのように、弥生の意思で強引に跨がって放尿されたかったが、もう素性が知られた以上、それは有り得ないことだろう。

そして急激に流れの勢いが衰えると、やがて放尿が終わり、あとはポタポタと滴るだけとなってしまった。

彼は舐め回し、余りの雫をすすったが、たちまち溢れる淫水で淡い酸味のヌラヌラが満ちていった。

「も、もう堪忍……」

弥生は立っていられず、脚を下ろすなり力尽きてクタクタと座り込んでしまった。それを抱き留め、修吾はもう一度互いの股間を洗い流し、彼女を支えながら立ち上がった。

身体を拭くと、また全裸のまま一緒に廊下を忍び足で進み、弥生の部屋へと戻ったのだった。

「では、もう大丈夫ですね。明日、真弓さんと一緒に詳しい打ち合わせを」

「ええ……」

言うと弥生は頷き、まだ名残惜しげだったが、修吾の方は今日もう何度も射精したので満足し、静かに彼女の部屋を出て小屋に戻ったのだった。

第三章　姫君に情交の手ほどき

一

「庭で稽古（けいこ）している娘たちは全て、れっきとした代々家臣の娘たちです」

真弓が囁（ささや）いて、修吾と一緒に物陰から薙刀（なぎなた）の稽古風景を覗（のぞ）きながら説明してくれた。

今日は弥生もすっかり回復し、薙刀と剣の指南に勤（いそ）しんでいる。

整列して薙刀を振っている十数人は、どれも美形であった。中では、珠代姫も一緒になって汗を流していた。

珠代の意向で、他の娘たちと分け隔（へだ）て無く桜桃舎で暮らしている。娘たちの中でも、珠代が姫君だと知っているのは、ほんの一握（にぎ）りだった。

むろん修吾も、正月の祝賀の折などには何度か珠代の顔を見て知っている。

「そして最近になって仕官した浪人ものの娘が二人。厨（くりや）におります」

真弓が言い、そっと勝手口の方に移動した。

修吾が木陰の格子から覗くと、二人の娘が昼餉の賄いをしていた。

二人とも平凡な顔立ちで、甲斐甲斐しく働いていた。

「二人とも十八です。細面が加代、ぽっちゃりした方が芙美と言います」

真弓が彼の背後から顔を寄せて囁くと、肩越しに甘い息が感じられ、刺激が股間に響いてきてしまった。

別に、新参の余所者だから厨で働いているのではなく、単に当番が回ってきただけのようだ。

とにかく名と顔だけ覚え、見つかるといけないので、修吾は真弓と一緒に小屋へ戻った。

「加代と芙美は、特に変わった様子は」

「ないです。どちらも躾正しく育てられ、今まで浪々の身だったとは信じられぬほど。料理も洗濯も良くしてくれます」

真弓が言う。

まあ、いかに治水工事の人手が欲しいからといって、そうそう怪しい浪人を仕官させるわけもないから、それなりに筋の通った武士なのであろう。

ただ、二人のうちどちらか、あるいは両方が素破だとしたら、どのようにも演じられるだろうから油断は出来ない。

代々家臣の娘でも、もしかしたら本人は拉致され、素破が化けていることだって考えられる。

「分かりました。とはいえ、あの二人は注意することにしましょう」

「ええ、他藩に雇われた素破なら、姫様に接触し、どんな術を使って嫁入りさせるよう吹き込むかも分かりませんからね」

「はい」

「それより、今朝から弥生さんが、私たちの厠を使うようになりましたが」

彼が答えると、真弓が話を変えて言った。咎めるでもなく、からかうでもない様子だが、真相を確認しておきたいのだろう。

生娘だけが使用する厠は屋内にあり、真弓と修吾が使う厠は屋外で、この小屋の並びにある。

屋内の厠は落とし紙も、厠の中にある専用の箱に入れることになっているが、屋外の厠は紙を中に落としても良い。それだけ生娘の出したものは、貴重品として区別されているのである。

恐らく弥生も、娘たちに知られぬよう、なるべく我慢して人気の無いときにそっと使用しているのだろう。

「は、はあ、済みません……。昨夜見舞ったとき、たいそう過日のことを済まなく思っていたので、元気づけるために、つい成り行きで……」

「左様ですか。まあ弥生さんの方が強いので、修吾様が無理やり手籠めにしたとは思っていませんし、すっかり元気になったようですので」

真弓は言い、それ以上の追及はなかった。

「娘たちに手を出さねばそれで構いません。では、して良いのは私と、弥生さんだけですよ」

真弓は、僅かに嫉妬の色を見せて言った。自分が修吾に手ほどきした以上、彼が他の女に触れるのは快くないのかも知れない。

「承知しました」

「それから、今日の昼餉のあと、娘たちを集めて男女のことを教えねばなりません。いずれ今年のうちにも半分以上が嫁ぐことでしょうから、その仕組みなどを」

「はあ……」

言われて、修吾は何やら妖しい気分になってしまった。

確かに、娘たちには嫁して子を生すという務めがある以上、正しい知識を与えるのも舎の重要な役割なのだろう。

「二十歳前後の年長者の中には、修吾様が小屋に住むようになったのを見て、あの者を裸にして男の仕組みを知るのが最も分かりやすい、などと言う子がいるのです」

「なるほど……」

「一人一人は淑やかな娘たちですが、心の中は男と女の行為への好奇心でいっぱいです。もちろん中には、そうしたことを避けたがる子もいますので、何人か望む者だけ集い、見せてやるのも良いのではという気が」

真弓が、ほんのり頬を上気させて言った。

確かに、誰もが暗闇の中で夫に身を任せるばかりでなく、婚儀した夜に初めて夫のものを見せられて衝撃を受ける者もいるだろうし、武家の男にもいろいろいるから、知っておくのも良いに違いない。ただ、生身の男を見て勉強したということだけは絶対に秘密にしなければならないだろう。

そのてん娘たちは、幼い頃から武家の上下関係を叩き込まれているから、教育係である真弓や弥生の言いつけなら忠実に守る。そして見た者が口づてに他の娘にも教えれば、初夜での失敗や衝撃は避けられるかも知れない。

「真弓さんがしろと言うなら、私は構いません。ただ黙って、言いなりになるだけでしょうから」

修吾は答え、早くも下帯の中で痛いほど一物が突っ張ってきてしまった。

「下男として扱うので、私も乱暴な言葉を使わねばなりませんが」

「いいですよ。その前に今、ほんの少しだけ……」

修吾は言って真弓ににじり寄った。

「いけません。私はそのことを皆に伝えねばなりません。稽古も終わったようですから」

真弓は彼を突っぱね、それでも甘い匂いを濃く揺らめかせた。

「では急いで指で済ませるので、口吸いだけでも」

「駄目です」

真弓は素っ気なく言って立ち上がった。すれば、彼女もとことん快楽を求めて我を忘れてしまうから、それが心配なのだろう。

その代わり彼女は屈み込み、修吾の耳元で囁いた。

「また良いときに、どのようなことでもして差し上げますからね、今は我慢して下さい」

「わ、分かりました……」

修吾は真弓の甘い息の匂いに酔いしれ、素直に頷いた。

やがて真弓は小屋を出て行き、薙刀の稽古も済んだので、みな舎の方へ入っていった。


間もなく昼餉になり、厨は多くの娘たちで混雑し、それが全て済むのを待ってから修吾も厨へ行って余り物で食事を済ませた。

そして真弓に言いつけられ、修吾は裏の井戸端で身体を洗い清め、房楊枝で歯も磨いて真新しい下帯を着け、準備万端にしておいた。

やがて真弓が呼びに来ると、修吾は緊張と興奮に胸を高鳴らせながら小屋を出て舎に入った。

もちろん今は顔も汚していないし頬かむりもしておらず、きっちりと着物を着ていた。

勝手口から入ると、最初の座敷に通された。

中にいるのは真弓の他、娘たちは五人だけだった。

加代や芙美はおらず、何と中に珠代姫がいるではないか。これも希望すれば、姫君でも分け隔て無く参加させるという方針なのだろう。

他の娘や弥生たちは、それぞれ縫い物や素読をしたり、夕餉の仕度にかかっているようだった。

五人の娘たちは、修吾を領内にある農家の男と思っているから、好奇の目を無遠慮に向けた。

そして一組だけ床の敷き延べられた八畳の室内には、生娘の甘ったるい体臭が生ぬるく立ち籠めていた。

「みな知っての通り、先日から働いている修吾です」

真弓が言うと、修吾も手を突いて無言で頭を下げた。

「先にも学んだ通り、月の障りの時は立ち振る舞いに気をつけ、無闇にいじる癖も控えましょう」

真弓は真面目な口調で言い、修吾は興奮に股間が熱くなってきた。

娘たち五人も、若い男の前でそうした話題になる羞恥と興奮を覚えているようで、甘い匂いが濃くなったように感じられた。

してみると、大部分がオサネをいじる癖を持っているのかも知れない。

「では、男の身体を学ぶ前に、女のことも知らねばなりません。月の障りは前に言った通りです。自分の陰戸は、なかなか鏡で見ることもないでしょうが、オサネと尿口の下にある陰戸の穴が大切です。オサネへの刺激でそこが濡れれば交接も滑らかです」

真弓の講義は、実に細部にわたって現実的だった。

「あの、誰かが実際に陰戸を見せた方が分かりやすいと思いますが」

年長らしい一人が言った。でも言った本人は見せる気はなさそうだ。

「し、しかし、それは誰も見せるのは嫌でしょう。男もいることですし」

「真弓先生は？」

「わ、私は……」

言われて、真弓が困ったように言うと、一人が手を挙げたのだった。

二

「私がお見せ致します」

何と、言ったのは珠代姫であった。

「そ、それは……」

真弓が困惑して絶句したが、それは無理からぬことであろう。修吾も、これから自分が脱ぐ緊張も忘れて思わず珠代の顔を見た。

しかし他の娘たちは、中には珠代の素性を知っているものもいるだろうに、みな快哉(かいさい)を叫ぶように顔を輝かせた。自分でなくて良かったという安堵(あんど)と、同性でも人の陰戸を見たいという興味。そして中には姫君の陰戸はどのようなものかと好奇心を抱いている者もいるようだった。

「お願いします。助かりますわ。珠代さん」

年長が言い、珠代も頷いて立ち上がった。

珠代の父親である藩主も、人望のある優しい人物であるが、彼女もその影響を強く受けているのだろう。人の嫌がることを率先し、犠牲的精神に溢(あふ)れているようだ。

「で、ではここへ……」

真弓も、ここまで来て止(や)めさせるわけにもいかず言った。

「全部脱ぐことはありません。裾(すそ)をめくって仰向(あおむ)けに」

真弓に言われ、珠代は素直に着物と腰巻の裾をめくりはじめた。

さすがに珠代の表情は羞恥に強ばり、頬から耳たぶまで紅潮しているが、濃い眉と引き締まった唇が固い意志を表しているようだった。

十七歳の、気品ある美形である。

それが布団に座り、皆の方へと脚を向けて静かに仰向けになった。

一同も固唾を呑んで顔を向け、やがて珠代はそろそろと両脚を浮かせて開き、自ら両手で抱え込んだ。

「ど、どうか無理ないように、嫌だったらすぐお止めなさいまし」

真弓が声を掛けたが、珠代はその姿勢を崩さず、皆の前に陰戸と肛門まで晒した。

修吾の位置からも、楚々とした恥毛と清らかな割れ目が見え、たまに心配して珠代の表情も窺ったが、彼女は神妙に目を閉じ、静かに呼吸していた。

「こうなっているのね」

「ええ、鏡では見えにくいのでよく分かるわ」

娘たちは、すぐにも緊張の糸が切れたように目を凝らし、口々に囁き合った。

真弓も意を決して、珠代の隣へ移動した。

「失礼、触れますよ」

彼女は囁き、そっと指を割れ目に当て、陰唇を左右に広げて中身まで丸見えにさせた。

「ここが膣口で、殿方の一物を受け入れ、やがて孕んで子を産む穴です。少し上に尿口、そしてこれがオサネ、大きさも人それぞれですがたいそう感じ、ここをいじると淫水が溢れ、交接を滑らかにします」

真弓が指しながら、努めて冷静に説明した。せっかく珠代が羞恥を堪えて見せているので、少しでも早く終えようとしているのだろう。

「本当に、オサネをいじると淫水が溢れるのですか」

一人が言う。まだいじったこともないのか、それとも濡れるところが見たいのかも知れない。

少なくとも、日頃から澄ましている珠代を苛めようとかいう気はなく、むしろ見せていることに敬意を表し、どうせなら濡れる仕組みまで見ておきたいようだった。

「構いませんか？」

真弓が気遣いながら訊くと、珠代も小さく頷いた。

すると真弓は指の腹で、そっとオサネを擦りはじめた。

珠代は声は洩らさないが、微かにピクリと内腿を震わせて肌を強ばらせた。

真弓の愛撫も巧みとは言えないが、気遣うあまり微妙な触れ方になり、それが逆に良いのかも知れない。それと分かるほど柔肉が蠢き、膣口がキュッキュッと収縮した。

珠代は何度か息を吸い込んでは止め、ヒクヒクと下腹を波打たせた。

しかも着衣で、下半身だけ丸出しにして脚を浮かせている姿が何とも艶めかしく、修吾は見ながら激しく勃起していった。

娘たちも、まるで自分がいじられているように興奮を高まらせ、室内に籠もる熱気と甘い匂いも濃くなってきたようだった。

「本当、濡れてきたわ……」

一人が囁くように言い、見ると本当に珠代の膣口がヌメヌメと潤いはじめていった。

「あ……」

珠代が微かに声を洩らし、呼吸も荒くなっていった。

「このように濡れれば、楽に入るようになりますので」

真弓が、もう頃合いと見てオサネから指を離して言った。

そして指先を膣口に浅く押し込んで動かすと、クチュクチュと微かに湿った音がした。

「すごいわ……」

「私も試してみたい……」

娘たちも息を弾ませて囁き合い、見ているだけで感じたようにモゾモゾと両膝を掻き合わせていた。

「さあ、もう良いでしょう。お疲れ様でした」

真弓が懐紙で指を拭って言うと、ようやく珠代も脚を下ろした。

真弓が支えて起こすと、珠代は裾を直し、ぼうっとした表情で皆の間へと戻っていった。

「では、今度は男の身体です。修吾」

真弓が言って頷きかけたので、彼も頭を下げてから立ち上がり、帯を解いて着物と襦袢を脱いだ。

娘たちの間にも、いっそう激しい緊張が走ったようだ。

修吾は下帯も取り去って全裸になり、布団に仰向けになった。

真弓に指示されながら脚は浮かせず、両膝を僅かに立てて全開にさせると、娘たちの視線が一斉に股間に向けられるのを感じた。

「すごい、あんなに立ってるわ……」

「何だか気味が悪いわね……」

娘たちが囁き合うが、一同の視線は一物に釘付けにされていた。

「どうしても、陰戸を見たあとなので、このように硬く立っています」

真弓が、気を取り直して講義を再開させた。

「普段は柔らかく縮んで、小用を足すだけのものですが、淫気を催すと交接できるように硬くなるのです」

真弓が言い、さすがに触れず指すだけにして説明した。

「これを鈴口と言い、ゆばりを放ち、あるいは立っているときに刺激されて気を遣ると、精汁が飛び出る穴です。このお手玉のようなものはふぐり、中に二つの玉があり、子種を作っています」

真弓の指す場所に娘たちの視線が集まり、修吾はそれだけでヒクヒクと幹を震わせ、すっかり高まってきてしまった。

もちろん珠代も、皆に混じって熱い視線を注いでいるのだろう。

「先っぽが濡れてきましたけど……」

誰かが言うと、真弓も注目した。

「これは精汁でもゆばりでもありません。さっきの淫水と同じく、交接を滑らかにさせるための汁です」

「あの、少しだけ触れても構いませんか」

また誰かが言い、真弓も少しためらってから頷いた。

「少しなら構わないでしょう。すでに身を清めていますので」

彼女が言うと、珠代を含めた娘たち五人は前へと進み、修吾の下半身を取り囲むように迫った。

髪の匂いや体臭、吐息や足の匂いまで入り混じり、五人分の熱気が修吾を包み込んだ。

やがて年長から順々に軽く幹に触れてきた。中には珠代も混じっているのだ。

彼は微妙な触れ方に幹を震わせ、ジワジワと絶頂を迫らせてしまった。

いったん触れると度胸がつき、彼女たちは次第に大胆に触れ、幹を手のひらに包んでニギニギしたり、ふぐりをいじって睾丸を確認し、袋をつまんで肛門の方まで覗き込んできた。

「い、いきそうです……」

修吾は、懸命に肛門を引き締めて耐えていたが、とうとう降参するように真弓に言った。

「では、出るところまで見せてもらいましょう。精汁が手についても毒ではないので気にしないように」

真弓が言うと娘たちも遠慮なく、ぎこちなく無邪気で乱暴な愛撫を繰り返し、修吾はクネクネと身悶えながら、とうとう絶頂に達してしまったのだった。

三

「い、いく……、アアッ……！」

修吾は口走り、突き上がる大きな快感にガクガクと全身を波打たせた。

同時に、ありったけの熱い精汁がドクンドクンと脈打つようにほとばしり、放物線を描いて彼自身の腹に降りかかり、いじっていた娘たちの指もネットリと濡らした。

「あん……、すごい勢いだわ……」

一人が言い、ビクリと手を離したが、一同は荘厳な儀式でも見るように神妙に見守っていた。

射精の最中に指を離されたのが少し残念だが、修吾は充分な快感を得て、最後の一滴まで出し尽くしてしまった。やがて肌の硬直を解いて脚を伸ばし、身を投げ出してハアハアと荒い呼吸を繰り返した。

「このように、出すとき男はたいそう心地よく、この快楽を求めて女を抱きたがるのです。しかし一度精汁を放つと、しばらくは魂が抜けたようになって一物も萎え、次に出来るまでしばしかかります。普通、日に一、二度出せば気が済むようです」

真弓が言い、娘たちも徐々に萎えていく一物を観察した。

「生臭いわ……、この中に子種が……」

指を濡らされた娘が嗅いで言い、他の子も彼の腹に飛び散った精汁に順々に顔を近づけ匂いを嗅いできた。

「本当、変な匂い……」

「これが陰戸の中で放たれると、子種が奥まで入り込んで孕むことになります。

必ずではないですが、孕むのは神様が決めることです」

　真弓が懐紙を出して修吾の股間の精汁を拭いてくれながら、また講義を再開させた。

「交接のときは旦那様に身を任せ、通常は女が下になる本手（正常位）で交わります。濡れていても初回は痛みがありますが、するごとに心地よくなるので次第に深く情も交わせるようになるでしょう」

　真弓が言い、皆に顔を向けた。

「では、今日はこれで終わりです。手を洗ってから、各持ち場に戻りなさい。ここでのことは、舎の外では絶対に他言無用に」

　彼女が言うと、娘たちも居住まいを正して一礼し、順々に部屋を出て行ったのだった。

　修吾も、娘たちの残り香の中、ようやく呼吸を整えて身を起こした。

「お疲れ様でした」

　真弓がねぎらってくれたが、珠代だけまだ部屋に残っていた。

「そなたはもしや、風見家の……」

「は……」

素性を知られているとは思わず、言われた修吾は全裸のまま珠代に平伏した。

「やはり、年賀の折に見て覚えております」

珠代が言い、真弓を振り返った。

「どうか、二人だけでお話しさせて」

「え、ええ……、分かりました。言わずともお分かりでしょうが、どうかお話だけに」

「もちろんです」

珠代が頷くと、真弓も一礼し、チラと修吾に目を遣り、軽率なことはしないようにと目で言って部屋を出ていった。

「姫様。お目を汚しました。指は濡れませんでしたか」

修吾は畏まって言い、急いで下帯に手を伸ばした。

「そのままで、もう少し見てみたいのです」

すると珠代が言い、彼の肩を押しやり仰向けにさせた。

「私も、皆に見られているときモヤモヤと妙な心地になりました。最初は、誰かが見せなければいけないと思って名乗りを上げましたが、そのうちに、いつまでも見られ続けたいと願うようになっていました。私、おかしいのですね」

「そ、そんなことはありません。落ち着きに感服いたしました」

緊張して答えたが、全裸で仰向けなので実に様にならなかった。

しかも、二人きりとなり姫君の無垢な視線を受けていると、いけないと思いつつ新たな淫気が湧いてしまい、すぐにもムクムクと回復してしまったのだ。

「また硬く……、真弓は、男は日に一、二度と言っていたけれど……」

「わ、私は日に三回か四回は出来ますので……」

珠代が一物を見て言い、修吾も答えた。

まさか、全裸で身を投げ出しながら姫君との初めての会話を交わすなど夢にも思っていなかったことだ。

真弓も、他の娘たちの采配があるから、襖の向こうで聞き耳を立てているというようなことはなかった。

「このような格好の時に何ですが、娘の誰かから、他藩の話とかされたことはありませんか」

「真弓や弥生からも聞いておりますが、特に気がつきません。それより殿が私の嫁ぎ先を検討しているようなので、間もなく素破への警戒も無用になることでしょう」

珠代が言い、聡明なので話も早かった。

「それより、実は私もこっそりオサネをいじり、自分が濡れることは知っていました」

彼女は、そのことに最も興味があるようで話を戻した。

「誰にも言えなかったことですが、何やら婚儀よりも先に情交を知りたいと願うようになり、さっきも本当は真弓より、そなたに触れて欲しかった……」

珠代が熱い眼差しで言い、修吾も甘い匂いを感じながら、完全に元の硬さと大きさを取り戻してしまったのだった。

「舎では、情交は御法度ですが、お舐めするぐらいなら構わないと思います」

修吾も淫気を前面に出して言うと、珠代が目を輝かせた。

「な、舐める……？」

「ええ、姫様の旦那様になる方には望めないでしょうが、私なら構いませんので厠のように顔を跨いで頂ければ」

「本当……？」

羞恥で拒むかと思ったが、珠代は身を乗り出してきた。

しかもさっき皆に陰戸を見られたばかりなので、ためらいよりも好奇心の方が大きいのだろう。

それに珠代が年賀の会で彼を覚えていたというのは、周囲に若い男がおらず目立ったせいもあるだろうが、ほのかに好ましい感情を抱いていてくれたのかも知れないと思った。

「ええ、どうぞ」

修吾も、まさか姫君に触れられる展開となって胸を震わせた。

「本当に良いのですね、跨いでも……」

珠代が念を押して言い、彼が頷くと立ち上がった。

「あ、その前に足を顔に乗せて下さいませ」

修吾は言い、屹立（きつりつ）した幹を期待にヒクヒクさせた。

「足を……」

「どうか、姫様のおみ足も味わってみたいので」

「汚いのに、良いのですか……」

珠代は言い、彼の顔の横に立ち、壁に手を突いて身体を支えながら、そろそろと片方の足を浮かせ、そっと顔に乗せてくれた。

当藩は質実剛健（しつじつごうけん）の気風があり、桜桃舎では娘たちも素足で過ごし足袋（たび）は履（は）いていない。

「ああ、変な感じ……」

珠代は言い、修吾は顔中に柔らかな足裏の感触を味わい、舌を這わせて指の股に鼻を押しつけて嗅いだ。

午前中は薙刀の稽古もしていたから、そこはやはり汗と脂に生ぬるく湿り、蒸れた匂いが濃く沁み付いていた。

彼は充分に匂いを嗅いでから爪先をしゃぶり、全ての指の股を味わった。

「あう……、くすぐったい……」

珠代はうっとりと息を弾ませて言い、足を交代させてくれた。彼も姫君の足の味と匂いを堪能し、やがて足首を握って顔の左右に置いた。

珠代も跨がったまま裾を持ち上げてゆき、白い脚を付け根まで露わにさせてからしゃがみ込んできた。

脹ら脛と内腿がムッチリと張り詰め、まだ濡れたままの陰戸が修吾の鼻先に迫った。

可憐で初々しい割れ目内部はさっき見た通りだが、さらにヌメリが増しているのは、彼と話しているうちに淫水が溢れてきたのだろう。

修吾は楚々とした若草に鼻を埋め、舌を這わせていった。

柔らかく鼻をくすぐる恥毛の隅々には、やはり汗とゆばりの生ぬるい匂いが可愛らしく籠もり、姫君だろうとも、農家の小梅とも全く同じ造りなのだということを実感した。

悩ましい体臭で鼻腔を刺激されながら、舌先で無垢な膣口の襞をクチュクチュ掻き回し、淡い酸味の潤いをすすり、オサネまで舐め上げていった。

四

「ああッ……」

珠代が熱く喘ぎ、ビクリと内腿を震わせて反応した。淫水の量が増し、淡い酸味のヌメリが彼の舌を滑らかに動かした。

大勢で見られて感じるのも、大きな羞恥快感があったのだろうが、二人きりでひっそり戯れるのも格別であろう。

それに、さっきは反応や喘ぎを必死に堪えていたが、今は自然に声が洩れて身体が悶えてしまう。

それにしても姫君育ちだから、はしたない大声は上げなかった。

修吾も、仰向けになって舐めるから割れ目内部に自分の唾液が溜まらず、蜜汁の溢れてくる様子を直に舌で感じることが出来た。

さらに彼は珠代の腰を支えながら、白く丸い尻の真下に潜り込み、顔中にひんやりした双丘を受け止めながら谷間の蕾に鼻を埋め込んだ。

可憐な薄桃色の蕾には、やはり他の女たちと同じように秘めやかな微香が籠もり、嗅ぐたびに悩ましい匂いが鼻腔を刺激してきた。

修吾は畏れ多さに胸を震わせながら、姫君の匂いを貪り、舌先でチロチロと蕾を舐め、襞を濡らしてヌルッと潜り込ませた。

「く……」

珠代が呻き、肛門でキュッと舌先を締め付けた。刺激に、今にもギュッと座り込みそうになるのを懸命に堪えて両足を踏ん張り、陰戸からはトロトロと泉のように淫水を漏らし続けた。

修吾は舌を蠢かせ、滑らかな粘膜を充分に味わってから、再び陰戸に戻って大量の蜜汁をすすり、オサネにも吸い付いていった。

「あう……、修吾、そこ……」

珠代が言い、自らグイグイと彼の口にオサネを押し付けてきた。

修吾の素性を知ってなお、舎の中で自然に彼を呼び捨てに出来るのは珠代だけである。

やがて彼が舐め続けていると、絶頂を迫らせたように珠代が懸命に股間を引き離してきた。そして修吾に添い寝し、荒い呼吸を繰り返しながら囁いた。

「ね、入れて……」

「そ、それはなりません……」

「厠も替えるし、私はどうしても試したい……」

「どうか、ご勘弁下さい。知れたら腹切りものですので……」

「孕めばそなたと一緒になる。他の土地へ嫁ぐのは嫌」

珠代は熱っぽい眼差しで顔を寄せ、横から肌を密着させてきた。

「いけません。諦(あきら)めて下さいませ……」

「ならば私が勝手にする。修吾、命令です。このまま動くな」

たおやかな顔立ちに似合わず、相当内には熱いものを秘めているのだろう。珠代は言い、彼の股間に移動していった。

「嬉(うれ)しい、こんなに硬く……」

珠代が一物を見つめて言い、指を這わせてきた。

動くなと命じられた修吾は、仰向けのまま姫君の愛撫を受け、禁断の快感に幹を震わせた。

さらに珠代は、とうとうそのまま頬ずりしてきてしまったのだ。

熱い息が股間に籠もり、やがて珠代の舌が、ためらいなく鈴口を這い回り、亀頭が含まれた。

「アア……、いけません、姫様……」

修吾は緊張と快感に肌を震わせて言ったが、彼女はスッポリと深く呑み込んで吸い付き、クチュクチュと舌をからめてきた。

「く……」

彼は懸命に奥歯を嚙み締めて快感に呻き、暴発を堪えた。

いや、あるいはこのまま口に漏らしてしまった方が良いのかも知れない。そうすれば珠代も情交出来なくなるし、生娘のままでいられるだろう。

しかし珠代は、一物を生温かく清らかな唾液でたっぷり濡らすと、スポンと口を離して顔を上げた。

そのまま身を起こし、裾をめくって跨がってきたのだ。

「ど、どうか、お止め下さい……」

「動くなと申したはず」

修吾が言っても珠代は聞かず、とうとう幹に指を添え、先端を濡れた陰戸に押し当ててきた。

位置を定めると、彼女は息を詰めてゆっくりと腰を沈め、肉棒を無垢な陰戸に受け入れていった。

張りつめた亀頭がズブリと潜り込むと、あとは自らの重みとヌメリに任せて座り込み、ヌルヌルッと根元まで納めて股間を密着させてきた。

「アアッ……！」

珠代が顔を仰け反らせて喘ぎ、熱く濡れた膣内でキュッときつく締め上げた。

修吾も、とうとう姫君と交接してしまった衝撃に身を強ばらせ、股間に重みと温もりを受けながら息を詰めていた。

「奥が熱い……。痛いけれど、嬉しい。これが一つになるということ……」

珠代は目を閉じ、初めての感触を嚙み締めて呟いた。

そして身を重ね、近々と初めての男の顔を見下ろしてきた。

「修吾……」

彼女は囁き、そのままピッタリと唇を重ねてきた。

修吾も両手を回して姫君の唇を味わい、熱く甘酸っぱい息に淫気を高まらせてしまった。

もう、してしまった以上仕方がない。

彼はそろそろと舌を挿し入れ、滑らかな歯並びを舐めた。すると珠代も口を開き、ネットリと舌をからませてくれた。

生温かな唾液のヌメリが心地よく、修吾は息づくような収縮を繰り返す膣内でジワジワと高まっていった。

「ああ……、中で動いている……」

快感の脈打ちを感じ、珠代が僅かに口を離して喘いだ。

可憐な口から吐き出される息は清らかな果実臭で、野趣溢れる小梅の匂いとは微妙に異なり、やはり城で出される高価な果実の匂いのようだった。

「突いて……、中に放って……」

珠代が言い、ぎこちなく腰を動かしてきた。

「そ、それぱかりは、どうかご勘弁下さい……」

もし孕んだりしたら、藩を挙げての一大事となろう。

「姫様、もう交接を試したのですから、どうか離れて下さいませ……」

修吾は言い、懸命に珠代を突き放した。

さすがに彼女も、自分の立場を考えたのだろう。

「分かりました……」

珠代は素直に答え、そっと股間を引き離した。

修吾も、辛うじて漏らさずに済んでほっとした。

「痛くありませんか」

「大事ありません。まだ中に何かあるような気がしますが……」

珠代が自らの感覚を探るように答えた。

まあ入れただけだから、生娘ではないにしろ厠は今まで通り使用しても構わないだろう。弥生だって張り形を入れ、快楽を得ていたのに今まで生娘として舎厠を使っていたのだ。

修吾は身を起こし、彼女の股間に潜り込んで陰戸を観察した。

多少陰唇がめくれているが、強く動いたわけではないので出血は免れ、彼も安心したものだった。

そして中途で終えた償いではないが、せめて舐めて気を遣って欲しいと思い、修吾はまた顔を埋め、オサネを舐め回してやった。

「ああ……」

珠代も喘いで修吾の愛撫を受け、内腿で彼の両頬を締め付けてきた。

恥毛に籠もる悩ましい匂いを貪り、滑らかな淫水を味わい、執拗(しつよう)にオサネをチロチロと刺激すると、

「い、いい気持ち……」

珠代がうっとりと喘ぎ、ヒクヒクと下腹を波打たせた。

修吾も上の歯で包皮を剝(む)き、露出したオサネを吸いながら、舌先を小刻(こきざ)みに上下左右に動かして愛撫した。

「あ、ああ……、修吾……！」

たちまち珠代は声を上ずらせ、身を弓なりに反らせて硬直した。

全身がガクガクと痙攣し、淫水の量も増し、どうやら気を遣ってしまったようだった。

「も、もう良い……」

絶頂を越えると全身が過敏になり、彼女は腰をよじって言った。

修吾もヌメリを掬(すく)い取ってから顔を上げ、股間から離れて再び珠代に添い寝し

ていった。

珠代は熱い呼吸を繰り返し、何度かビクッと身を震わせて余韻に浸(ひた)った。

もちろん修吾も勃起したまま、どうにも射精しないことには気が治まらなくなってしまっていた。

すると珠代も察したのか、息遣いが治まると、またそろそろと一物に指を這わせ、ニギニギと愛撫してくれたのである。

五

「ああ、姫様、気持ちいい……」

「また、精汁を放たねば落ち着かないのですね？」

修吾が愛撫に身を任せて言うと、珠代も指の動きを速めながら囁いた。

「ええ……、指を汚すかも知れません……」

彼は快感を高めながら、顔を寄せて姫君のかぐわしい吐息を嗅いで鼻腔を満たした。

すると珠代も上から顔を寄せ、またピッタリと唇を重ね、指を蠢かせながら、チロチロと舌をからみつかせてくれた。

「姫様、唾(つば)を沢山(たくさん)出して下さいませ……」

僅かに口を離して囁くと、珠代も懸命に唾液を分泌(ぶんぴつ)させ、トロトロと口移しに注ぎ込んだ。

修吾は、小泡の多いネットリとした唾液を味わい、うっとりと喉(のど)を潤して絶頂を迫らせた。

「い、いきそう……」

彼が高まって言うと、何と珠代がいきなり身を起こし、一物に屈み込んで亀頭にしゃぶり付いてきたのだ。チュッと吸い付きながらヌラヌラと舌をからませ、さらにはスポスポと摩擦までしてくれた。

「い、いけません……、アアッ……！」

修吾は、あっと思う間もなく昇り詰め、大きな絶頂の快感に貫(つらぬ)かれて喘いだ。

そして熱い大量の精汁を、ドクンドクンと勢いよくほとばしらせ、姫君の喉の奥を直撃してしまったのだ。

「ク……、ンン……」

珠代は噴出を受け止めて熱く鼻を鳴らし、なおも強烈な吸引と舌の蠢きを続行してくれた。

修吾は身を反らせたままヒクヒクと痙攣し、清らかな姫君の口に一滴残らず絞り尽くしてしまった。

「ああ……、お、お許しを……」

彼は朦朧としながら言い、グッタリと力を抜いて身を投げ出した。

すると珠代も吸引を止め、亀頭を含んだまま口に溜まった精汁をコクンと一息に飲み干してくれたのだった。

「あう……」

ゴクリと鳴る音とともに口腔がキュッと締まり、修吾は刺激に思わずビクリと腰を浮かせて呻いた。

とうとう珠代も全て飲み込んでしまい、ようやくチュパッと口を引き離した。

そしてしごくように幹を握ったまま、鈴口に脹らむ余りの雫まで丁寧に舐め取ってくれたのである。

「く……、ど、どうか、もう……」

修吾はクネクネと腰をよじり、ヒクヒクと幹を震わせながら声を絞り出した。

ようやく珠代も舌を引っ込めて身を起こし、残り香を味わうようにチロリと舌なめずりした。

姫君の口に射精した家臣など、全国探しても一人もいないだろう。

修吾は、あまりの出来事に胸の動悸が治まらず、いつまでも呼吸と全身が震え続けていた。

「ご気分は悪くないですか……」

「ええ、大丈夫。お前の種が入ったことが嬉しい」

聞くと、珠代は答え、ようやく立ち上がって裾を直した。

あまり長いと真弓が見に来てしまうかも知れない。修吾は余韻を味わう暇もなく身を起こし、下帯を着けた。

そして立ち上がり襦袢と着物を着て帯を締め、身繕いを整えると布団を畳んで隅に寄せた。

「また、二人だけで会えるよう何とか真弓に言ってみましょう」

「ええ、でもどうか今あったことはご内密に……」

「むろんです。では私は戻りますので」

珠代は言い、先に部屋を出て行った。

修吾も深呼吸し、姫君の残り香を感じながら部屋を出ると、廊下を抜けて勝手口へと回った。

すると、そこに加代と芙美が、また夕餉の仕度をしていた。

修吾は頭を下げ、草履を履いて外に出ようとした。

「情交のお稽古とか。首尾よう果たせましたか」

細面の加代が訊いてきた。

「は……、滞りなく……」

修吾が律儀に答えると、二人は顔を見合わせてクスクス笑った。

「そのようなこと、習わなくても自然に覚えるものでしょうに」

「私たちは、父とともに浪々の身の上で、そうした商売の女たちとも多く接してきましたので」

二人が笑みを浮かべて言う。

別に皆から差別されているわけではないだろうが、やはり代々藩士の娘たちはとっつきにくく、境遇が似ているようで、すっかり二人は仲良くなっているようだった。

「でも、実際に男の方を見てみたら確かに分かりやすいかも」

「ええ、新参なので私たちは遠慮しましたが、今度こっそり私たちにもお教え願えませんか？」

二人に言われ、修吾は淫気とは別の気持ちが動いた。素破の疑いもある二人なので、出来ればなるべく多く接してみたいのだ。

「ええ、真弓様のお許しがあれば構いませんので」

修吾は答えた。

「そう、私たちの当番も今日で終わるので、明日はお休みが頂けそうです。二人で昼前にでも小屋をお訪ねしますね」

「どうぞ」

修吾は期待に胸を震わせながら言い、二人に辞儀をして勝手口を出た。

小屋に戻ると、間もなく真弓が入って来た。

「姫様とは、どのようなお話を？」

彼女は咎めると言うより、不安げに訊いてきた。

「ええ、存外に淫気の強い姫様で驚きました」

「確かに、指でいじるおいたも止められないようですが、では求められたのですね？」

「はあ、情交は無理なので、お舐めしたら気を遣りました」

「まあ……」

修吾は正直に答えたが、もちろん僅かにしろ挿入させられてしまったことは黙っていた。

「では姫様は、ますます快楽に夢中になってしまうでしょう……」

「殿と父たちで、婚儀の話が検討されているとか」

「確かに。しかしめぼしい人がおらず、それに姫様は他藩へ嫁ぐことを嫌がっております。あるいは家臣の中でとも……」

真弓が言う。

珠代も、修吾となら一緒になっても良いというような感じだったが、彼はあまりに畏れ多くて、まだまだ現実的に考えることが出来なかった。

「とにかく、これからも姫様が何かにつけ求められるかも知れませんが、どうか自重を」

「もちろん承知しておりますので。では少しだけ……」

修吾は答え、真弓に淫気を催して迫った。

今日もさんざん射精したというのに、やはり男というものは相手さえ替われば無尽蔵に淫気の湧く生き物なのだろう。

「いいえ、実は昨夜から月の障りが……」

真弓が言い、それでも修吾は激しく勃起してしまっていた。

「構いません」

「無理です。修吾様が良くても、私は出来ません」

「ならば指かお口で」

「どうか我慢して下さい。僅かでもすると、障りに良くありません」

真弓も残念そうに答えた。障りの時に興奮して淫水が溢れると、体調が崩れるのかも知れない。それで昼前に求めたときも、努めて素っ気なく突っぱねたのだろう。

「分かりました。無理にはしませんので」

「申し訳ありません。障りが済めば、いかようにも致しますので」

真弓は言い、辞儀をして小屋を出ていった。

やがて日が傾くと、娘たちは順々に入浴しはじめたようだ。今日だけは修吾が一番風呂に入ってしまったが、また寝しなに、彼女たちの残り香を感じながら湯に浸かろうと思った。

そして夕餉となり、修吾はいつものように最後に厨で食事をし、甘ったるい匂いの籠もる湯殿で身体を洗い流し、小屋に戻ってきた。

今日は充分に射精したし、明日への期待もあるので、修吾は手すさびもせずに寝た。

何やらここのところ、自分で処理することがなくなっていた。それほど女運に恵まれているのだ。そして彼は、姫君と交接してしまったことなど思いつつ、いつしか深い睡(ねむ)りに落ちていったのだった。

第四章　二人分の蜜(みつ)にまみれて

一

「実は私たち、まだ出会ってひと月ほどなのですが、すごく馬が合って、いじり合ったりしたこともあるんです」

加代が、真っ直ぐに修吾を見て言い、芙美も熱っぽい眼差(まなざ)しで彼を見つめていた。狭(せま)い小屋の中に、たちまち二人の混じり合った甘い匂(にお)いが生ぬるく立ち籠(こ)めはじめていた。

庭では弥生が娘たちに稽古(けいこ)をつけ、真弓も舎で当番の娘たちと昼餉(ひるげ)の賄(まかな)いをしている。加代と芙美は、今日は一日休んで良いことになり、二人で修吾の小屋を訪ねてきたのだった。

(この、どちらかが、いや、あるいは二人ともが素破(すっぱ)なのかも知れない……)

修吾は思いつつも、モヤモヤと股間が妖(あや)しくなってきてしまった。

二人とも浪々の暮らしの頃には、相当に苦労もし、寝しなに自分でいじるぐらいのことはしていたのだろう。

「そう、陰戸(ほと)を舐(な)め合ったことは？」

修吾も、身を乗り出して訊(き)いてみた。

「あります。でも他の人もお部屋にいるので、そんなに声を出すことも出来ず、途中まで」

今度は芙美が答えた。

加代が細面(ほそおもて)で芙美がぽっちゃりし、狐(きつね)顔と狸(たぬき)顔で対照的で最初は平凡な顔立ちと思ったが、あらためて接するとそれぞれに魅力があった。

「昨日みなにしたように、どうかお見せ頂けますか？」

加代が言い、芙美も好奇心に目をキラキラさせた。

「分かりました。ここへは誰も来ませんので。出来れば、どうかお二人も脱いで下さいませ」

修吾が脱ぎながら言うと、二人も素直に立ち上がって、ためらいなく帯を解きはじめてくれた。

一晩ぐっすり寝て、修吾の淫気も満々になっていた。

先に全裸になり、彼は屹立した一物を晒して布団に仰向けになった。

加代と芙美も、修吾の股間を見てチラと顔を見合わせ、急いで一糸まとわぬ姿になっていった。

さらに生ぬるく甘ったるい匂いが漂い、彼は同い年の二人の肢体を見上げた。

素破なら、鍛えられた肉体が分かるかと思ったのだが、加代はほっそりとし、芙美はムチムチとして特に発達した筋肉は見受けられなかった。

「立ったまま、私の顔の左右に来て」

言うと、二人はまた顔を見合わせながら、モジモジと修吾の顔の両側に来た。

どちらも白く滑らかそうな肌をして、乳房も尻も艶めかしく熟れはじめた丸みを帯びていた。

「足を顔に乗せて」

「え、いいのかしら、こう……？」

下から言うと、二人はそれほど戸惑うことなく、互いの身体を支え合いながらそろそろと片方の足を浮かせ、同時に彼の顔に乗せてきた。二人は彼のことを武士と思っていないので、ためらいも少なかったのだろう。

修吾は二人分の足裏を顔に受け、うっとりと酔いしれた。

舌を這わせ、それぞれの踵から土踏まずを味わい、指の股に鼻を押しつけるとやはり汗と脂に湿って蒸れた匂いが籠もっていた。

どちらも似たような匂いだが、やはり二人分となると濃厚で、彼は何度も嗅いで鼻腔を刺激されながら爪先にしゃぶり付いていった。

「ああッ……、変な感じ……」

「くすぐったくて、気持ちいいわ……」

交互にしゃぶると、二人は息を弾ませて言い、やがて修吾も足を交代させた。

そちらも念入りに味と匂いを貪ると、彼は舌を引っ込め、まずは加代の足首を握って顔を跨がせ、しゃがみ込ませていった。

「アア……、恥ずかしいわ……」

厠に入った格好で完全にしゃがみ込んだ加代が声を震わせ、芙美も横から見守っていた。

修吾の鼻先に、一気に生娘の陰戸が迫り、生ぬるい風が顔中を包み込んだ。

恥毛は案外に濃く密集していたが、割れ目からはみ出す花びらはさすがに初々しい薄桃色で、内から溢れた蜜汁にヌメヌメと潤っていた。僅かに開いた間からは、息づく膣口と光沢あるオサネも覗いている。

修吾は腰を抱えて引き寄せ、茂みに鼻を埋め込み、濃く沁み付いた汗とゆばりの匂いを貪りながら舌を這わせていった。

すでに内部の柔肉は淡い酸味のヌメリが満ち、彼が膣口を探ってからオサネまで舐め上げると、

「アア……、いい気持ち……」

加代がビクリと内腿を震わせて喘いだ。

修吾は生娘の蜜をすすり、匂いに酔いしれながら執拗にオサネを舐めた。

しかし、もし素破なら生娘ではないだろう。情交の訓練もしているだろうからすでに舎の厠は生娘でない者が使用していることになる。

しかし全ては気持ちの問題で、下肥の成分にそれほどの違いなどないだろうから、修吾は気にせず、むしろ弥生だって舎の厠を使っても構わないだろうと思っていた。

やがて彼は尻の真下に潜り込み、顔中にひんやりした双丘を受け止めながら、谷間でキュッとつぼまった蕾にも鼻を埋め、悩ましく籠もった微香を嗅ぎ、舌を這わせていった。

「あう……、嘘、そんなところを……」

ヌルッと舌を潜り込ませると、加代が驚いたように言って呻き、キュッと肛門で舌先を締め付けてきた。

修吾は滑らかな粘膜を味わい、やがて前も後ろも充分に舐め回してから交代させた。

「ああん、もっと舐めて欲しいのに……」

加代が言って横になり、すぐにも芙美が同じように跨がり、彼の顔にしゃがみ込んできた。

ぽっちゃりした芙美がしゃがむと、内腿が今にもはち切れそうにムッチリと量感を増し、肉づきの良い割れ目が鼻先に迫った。

加代が舐められるのを見ながら興奮を高めていたか、すっかり陰唇はヌラヌラと潤い、今にもトロリと滴りそうなほど淫水の雫を脹らませている。

恥毛は薄い方で、大きめのオサネが間からツンと突き立っていた。

修吾は茂みに鼻を埋め、甘ったるい汗の匂いで鼻腔を満たした。ゆばりの匂いは控えめで、ヌメリは同じように淡い酸味を含んでいた。

膣口に溜まった淫水を舐め取ってオサネまで舐め上げると、

「アアッ……、いい……」

芙美がすぐにも熱く喘ぎ、内部の柔肉を妖しく蠢かせた。

修吾はチロチロと弾くように舐めては吸い付き、豊かな尻の真下に潜り込んでいった。

やはり蕾は可憐な薄桃色で、鼻を埋めると秘めやかな匂いが鼻腔を刺激してきた。彼は匂いを貪り、舌を這わせて加代と同じようにヌルッと潜り込ませて粘膜も味わった。

「あう……、いい気持ち……」

芙美は抵抗なく言い、モグモグと味わうように肛門で舌先を締め付けてきた。

すると、修吾は一物に違和感を覚えた。

熱い息が股間に籠もり、どうやら加代が亀頭にしゃぶり付いてきたようだ。

チロチロと鈴口を舐め、スッポリと喉の奥まで呑み込んで吸い付き、執拗に舌をからめてきた。

「ああ……」

彼が喘ぐと、芙美も股間を引き離し、加代と一緒に一物に顔を寄せた。

修吾も受け身体勢になって大股開きになると、二人は頬を寄せ合って股間に迫った。

加代もスポンと口を離し、芙美と一緒にふぐりを舐め回し、それぞれの睾丸を舌で転がして、袋全体を生温かく混じった唾液にまみれさせた。

さらに脚が浮かされ、二人は交互に彼の肛門を舐め、ヌルッと舌を潜り込ませてきたのだ。

「あう……」

修吾は妖しい快感に呻き、代わる代わる侵入する生娘たちの舌を肛門で締め付けて味わった。

そして二人は同時に肉棒の付け根から裏側と側面を舐め上げ、先端まで来て交互に鈴口をしゃぶり、亀頭を唾液でヌルヌルにしてきた。女同士で戯れているから、互いの舌や唾液が触れ合っても気にならないらしい。

「ああ……、気持ちいい……」

修吾は高まり、腰をよじらせて喘いだ。

代わる代わる含まれると、それぞれの温もりや感触、吸い付き方が微妙に異なり、それぞれに心地よかった。

二人の混じった息が股間に熱く籠もり、彼も後戻りできないほど絶頂を迫らせてしまった。

「い、いきそう……」

彼は我慢できずに言い、このまま二人の口に放とうと思った。ここまで熱心にしゃぶってくれるのだから、二人も承知していることだろう。

しかし、二人は同時に顔を上げると、何と先に加代が修吾の股間に跨がってきたのであった。

二

「ね、どうしても入れたいんです。許して」

加代が言い、二人分の唾液にまみれた亀頭に膣口をあてがい、一気に腰を沈めてしまった。

「く……」

止める暇(ひま)もなく、ヌルヌルッと根元まで滑らかに呑み込まれ、修吾は強烈な快感に奥歯を嚙(か)み締めて呻いた。

これも素破による術の一つなのだろうか。そう思うと彼は警戒心を湧(わ)かせ、暴発を免(まぬか)れることが出来た。

いや、あるいは単に、他の娘たちより先に大人になり、内心密かに誇りたいだけなのかも知れない。そして今まで通り舎の厠を使い、生娘信仰のようなものを嗤いたいのではないだろうか。

とにかく加代はぺたりと座り込み、股間を密着させ、横からは芙美も目を輝かせて見守っていた。さすがに締まりは良く、中は熱いほどの温もりと潤いに満ちていた。

「い、痛いけど、嬉しい……」

加代が目を閉じ、キュッと締め付けながら言った。

そして彼の胸に両手を突っ張り、上体を反らせ気味にして僅かに腰を動かしたが、やはり痛いのか、すぐに止めてしまった。

入れただけで気が済んだか、やがて加代はそろそろと腰を浮かせて横になり、すぐに今度は芙美が跨がってきた。

「あう……」

芙美が根元まで受け入れて呻き、修吾は再び熱く濡れた膣内に深々と納まり、微妙に異なる温もりと感触を味わった。

芙美は上体を起こしていられず、すぐに身を重ねてきた。

加代はすぐ離れてくれて事なきを得たが、芙美はそれほどの痛みはないようですぐにも腰を動かしはじめてしまった。

修吾も気を紛らそうと、潜り込むようにして芙美の乳首に吸い付いた。

さすがに乳首も乳輪も初々しい桜色で、膨らみも実に豊かで柔らかかった。

両の乳首を交互に含んで舌で転がすと、

「私にも……」

添い寝していた加代が言い、乳房を割り込ませるように押し付けてきた。

修吾はそちらも含んで舐め回し、さらにそれぞれの腋の下にも鼻を押し付け、和毛に籠もった甘ったるく濃厚な汗の匂いに噎せ返った。

「ああ……、いい気持ち……」

芙美がうっとりと喘ぎ、破瓜の痛みより男と一つになった充足感の方を強く感じたように、動きを速めてきた。

そして芙美は、上から遠慮なく彼に唇を重ねてきたのである。

すると加代まで顔を割り込ませ、一緒になって舌を伸ばしてきた。

何という快感であろう。二人の舌を同時に味わい、混じり合った唾液で心ゆくまで喉を潤すことができるのである。

二人の吐き出す息は熱く、三人が鼻を突き合わせているので、修吾の顔中が湿り気を帯びるようだった。

どちらも甘酸っぱい果実臭で、吸う空気が全て二人の吐息というのも贅沢なもので、彼は悩ましい芳香で胸をいっぱいに満たした。

混じり合った唾液と吐息を吸収するうち、もう修吾も我慢できなくなり、ズンズンと股間を突き上げはじめてしまった。

「ンンッ……！」

芙美が熱く呻き、キュッキュッと味わうように膣内を締め付け、大量の淫水を漏らして動きを滑らかにさせた。溢れた分が、彼のふぐりから肛門の方まで生温かく伝い流れた。

「唾をいっぱい出して……」

言うと、二人は交互に口を寄せ、クチュッと唾液を吐き出してくれ、修吾はうっとりと味わい、何度も出してもらって飲み込んだ。

「顔中にも……」

さらにせがむと、二人も厭わず彼の顔中に唾液を垂らし、そのままヌラヌラと塗り付けるように舐め回してくれた。

「ああ……、いきそう……」

修吾は喘ぎ、顔中ヌルヌルにまみれ、二人分の唾液と吐息の匂いに包まれながら高まった。

芙美も股間をしゃくり上げるように擦りつけ、さらに柔らかな乳房も彼の胸に押し付けて喘いでいた。そして加代も、横から肌をくっつけながら、いつしか自分のオサネを激しくいじりはじめていた。

そして修吾はとうとう、二人分の甘酸っぱい息を嗅ぎながら絶頂に達し、大きな快感に貫かれてしまった。

「く……！」

呻きながら、熱い大量の精汁をドクンドクンと勢いよくほとばしらせると、満ちるヌメリでさらに動きがヌラヌラと滑らかになった。

「アア……」

芙美も喘いだが、さすがに気を遣るほどの高まりはないようで、それでも達成した感覚で満足げにしていた。

「気持ちいいッ……！」

すると加代も口走り、自分でいじりながら気を遣ってしまったようだ。

ガクガクと肌を痙攣させ、熱く息を弾ませて横から密着していた。

修吾は贅沢な快感を嚙み締め、心置きなく最後の一滴まで芙美の中に出し尽くし、満足しながら突き上げを弱めていった。

すると芙美も腰の動きを止め、グッタリと力を抜いて遠慮なく彼に体重を預けてきた。

修吾は重みと温もりを受け止め、まだ収縮する膣内でヒクヒクと幹を上下に震わせ、二人の息を嗅ぎながら、うっとりと快感の余韻に浸り込んでいったのだった……。


——三人は、こっそり湯殿へと移動していた。

他の多くの娘たちは庭で稽古をし、残りは厨にいるから見つかることはないだろう。

そして三人は残り湯で股間を洗い流した。

二人とも出血しておらず、まあ初回でも血が出ない場合もあるだろうから、まだ何とも生娘だったかどうかの判別は難しかった。

「こうして……」

修吾は簀の子に座って言い、左右に加代と芙美を立たせ、両の肩を跨がらせて股間を顔に突き出させた。

交互に恥毛に鼻を埋めて嗅いだが、大部分の体臭は薄れてしまった。

「ゆばりを放って」

「まあ、いいの……？」

修吾が言うと、二人は驚いたように身じろいだが、どうせ秘密の情交をしてしまったのだし、彼を武士とは思っていないので、すぐにも下腹に力を入れて尿意を高めてくれた。

どちらも白い下腹がヒクヒク震え、何度か息を吸い込んでは詰め、ゆっくり吐き出した。

顔を左右に向けて交互に舐めると、淡い酸味とともに新たな淫水が舌の動きを滑らかにさせた。そして先に芙美の柔肉が迫り出すように盛り上がり、味と温もりが変化した。

「あう……、出ちゃう……」

芙美が息を詰めて言い、同時にチョロチョロと温かな流れが彼の口にほとばしってきた。

修吾は受け止めながら、淡く上品な味と匂いを堪能し、喉に流し込んだ。

すると、反対側にいる加代の陰戸からもポタポタと温かな雫が滴り、彼はそちらに顔を向け、たちまち勢いのついてきた流れを舌に受けた。

どちらも心地よく喉を通過し、混じり合った匂いが悩ましく立ち昇った。

肌は温かなゆばりを浴び、一物が心地よく浸された。

「ああ……」

芙美が声を洩らし、ようやく放尿が止んでプルンと下腹が震えた。

加代の方も流れが治まり、修吾は左右の割れ目から点々と滴る雫を交互に舐め取り、舌を挿し入れて余りをすすった。

すぐにも新たな淫水が溢れ、二人は立っていられないほどガクガクと膝を震わせた。

「も、もう駄目……」

二人は言い、とうとうクタクタと座り込んでしまった。

素破ならこれぐらいの行為は造作もないだろうが、そうでなければかなり衝撃的であっただろう。

彼はもう一度三人で残り湯を浴び、やがて湯殿を出たのだった。

「また、してもいいですか……」

「私も、今度は中で果てて欲しいです……」

芙美と加代が身体を拭きながら言い、修吾も頷（うなず）いた。

そして手早く身繕（みづくろ）いをし、三人でそれぞれの持ち場へと戻ったのだった。

三

（え……？　あれは……？）

修吾は、外にある厠を出て、小屋へ戻ろうとしたときに異変を感じた。

もう夕餉も済んで寝巻に着替え、あとは寝るだけなので、彼も寝しなに厠を使ったところである。

暗闇の中に動く気配を感じ、思わず物陰に潜（ひそ）んで様子を窺（うかが）った。

すると植え込みの陰から黒いものが現れて移動し、舎へと素早く移動していった。そして厠の外、汲（く）み取り口の蓋（ふた）を開けて、中に躍（おど）り込もうとしているではないか。

確かに舎は全て雨戸が閉められ、勝手口も心張り棒が嚙ましてある。

汲み取り口であれば、小柄なものなら容易に厠の中へ入り込むことが出来るだろう。実際、黒装束の影は小さかった。

(賊か……!)

修吾は思い、さらに身を乗り出して目を凝らすと、入ろうとしていた黒装束がこちらの気配に気づいて振り向き、いきなり宙に舞った。

「う……!」

修吾も応じようとしたが、賊は一瞬にして彼の前まで迫って組み付いてきた。咄嗟に腰を抱えて投げを打ったが、相手は一回転して立ち、逆に手首をひねられて彼は地に転がった。

そして相手がのしかかって押さえつけ、腕で修吾の喉輪を圧迫した。覆面の間から、二つの目が光っている。

「やはり武士だったか」

「え……?」

相手が静かに言い、喉輪を締める力を緩めて覆面を脱ぎ去った。

現れた顔は、何と可憐な娘。

「こ、小梅……」

修吾は目を丸くして言った。

「ふふ、生娘を抱いたと思ったか、痴れ者」

小梅が顔を寄せて囁いたが、その熱い息に匂いはない。素破は、敵地に行く前に全身の匂いを消すと言うが、さすがに以前会った美少女とは別人のような迫力があった。

しかし小梅は刃物も帯びておらず、彼に対する害意はないようだ。

「何をしに中へ入ろうとした……」

「小屋で話そう」

修吾が言うと小梅は答え、彼の胸ぐらを摑んだままヒョイと立たせた。彼より小柄なのに、やはり術で力の入れどころを心得ているのだろう。

彼も話を聞くため、素直に一緒に小屋へと入った。

枕元の行燈には灯が入っている。修吾が布団に座ると、小梅も正面に腰を下ろした。

黒覆面を脱いだ顔立ちは以前の可愛い笑窪と八重歯のまま。しかし結っていた髪は解いて後ろで束ね、裾の短い黒装束で、ムッチリした太腿が露わになり、黒の脚絆を巻いていた。

「修吾、お前とはやけに肌の相性が良かったので、もう少し手なずけようと思っていたが、常にお前の周りには女がいて隙が窺えなかった」

小梅が、じっと彼を見つめて言う。

してみると、彼が何人かの女たちと交わったことも、全てどこからか見ていたのかも知れない。

「しかし、姫の顔も舎の間取りもようやく頭に入った。今宵姫に術をかけようと思ったが、私としたことがお前などに見つかるとは」

「十七と言っていたが、本当はいくつなのだ。生娘と信じていたが、何人の男を知っている」

「さあ」

「どこの藩に雇われている」

「さあ」

小梅は、何を訊いても笑みを含んで小さく答えた。

「それでは話にならん。姫に、どのような術をかけようとした」

「秘薬を嗅がせ、耳元で囁いて言いなりにさせる。某藩の何という若殿こそ、お前の運命の男なのだと」

小梅が答えた。

婚儀の組み合わせなど、藩同士の利害が一致すれば姫の心根など関係ないのだが、藩主はことのほか珠代を寵愛し、本人の意思を最も大切と考えているから、こうした悶着が湧いてしまったのだ。

それに当藩の資源と地の利は、周囲の藩からは垂涎の的なのである。

「正式に、順を追って申し込めば良いものを」

「うちの殿は、花柳病のうつけだ。悪政が祟って領内は貧しく、持っていたのは子飼いの素破の一族のみ。それも泰平の世となり、もう私で最後だ」

「義理ある者がいなければ、抜ければ良かろう。姫の意向は、他藩へ嫁がず藩士から相手を選びたいようだ」

「ああ、今はそんな気になってきた。この領内は豊かで、みな穏やかだ」

どこまで本心か分からないが、小梅は目の力を緩め、一瞬あどけない表情になって言った。

近在の百姓の娘というのも、近々嫁ぐという話も全て嘘だったのだ。そして破瓜の血も、おそらくは何かの細工だったのだろう。

「本来は、戦うための鍛錬に明け暮れていたのに、姫君の意向を左右するだけの役目、しかも日頃より蔑（さげす）まれ、報酬など雀（すずめ）の涙だ」

「ならば、なおさら抜けて、この領内で暮らすと良いのに。まして、お前のように可愛い娘が、厠から侵入するなど」

「抜けたら、可愛がってくれる？　修吾様」

小梅が言い、しなだれかかってきた。

思わず抱き留めると、急に甘ったるい汗の匂いと、甘酸っぱい息の匂いが漂い鼻腔を刺激してきた。

完全に戦う気を失うと、緊張していた汗腺が開いて、本来の匂いが甦（よみがえ）るのかも知れない。

そのまま修吾は布団に仰向けにされ、小梅がのしかかってきた。

「弥生に虐（しいた）げられて悦（よろこ）び、女のゆばりを飲むなど、うちの殿以上のうつけかも知れぬ」

小梅が触れんばかりに顔を寄せて熱く囁き、上からピッタリと唇が重ねられてきた。

修吾もうっとりと受け止めて舌をからめ、かぐわしい息の匂いを嗅ぎながらトロトロと注がれる生温かな唾液で喉を潤した。

唾液に秘薬が含まれているかも知れないが、彼もすっかり淫気に包まれ、ムクムクと痛いほど勃起してきてしまった。

小梅は執拗に舌をからめながら黒装束を脱ぎ、彼の帯も解いていった。

吐き出す息は、本来の甘酸っぱい果実臭に戻って悩ましく鼻腔をくすぐり、トロリとした唾液と滑らかに蠢く舌の感触が彼を酔わせた。

ようやく唇を離すと、小梅は彼の頬を舐め、耳たぶを軽く噛み、首筋を舐め下りて乳首に吸い付いてきた。

小梅は熱い息で肌をくすぐり、チロチロと舌を這わせてから、キュッと軽く乳首を噛んだ。

「あう……、もっと強く……」

思わず言うと、小梅は力を込め、左右の乳首を交互に舌と歯で愛撫して、さらに肌を舐め下りていった。

股間に屈(かが)み込むと、サラリと長い髪が下腹に流れ、内部に熱い息が籠もった。

先端にしゃぶり付き、スッポリと喉の奥まで呑み込まれると、

「アア……」

修吾は快感に喘ぎ、小梅の口の中で舌に翻弄(ほんろう)されて幹を震わせた。

小梅は深々と含みながら舌をからませ、たまにチラと目を上げて彼の反応を満足げに確認していた。

そして顔を上下させ、スポスポと濡れた口で強烈な摩擦が開始されると、彼は急激に高まった。

股間を見ると、自分が初物を奪ったとばかり思っていた美少女が、大胆に一物にしゃぶり付いているのだ。

「い、いきそう……」

絶頂を迫らせて言うと、すぐに小梅もスポンと口を引き離し、ふぐりに舌を這わせて睾丸を転がし、さらに脚を浮かせて肛門も舐め回し、ヌルッと舌を潜り込ませてきた。

「く……！」

修吾は妖しい快感に呻きながら、キュッと肛門で舌先を締め付けた。

内部ではクチュクチュと巧(たく)みに舌が蠢き、内側から刺激されるように肉棒がヒクヒク上下した。

やがて彼の前も後ろも充分に味わい尽くすと、小梅は移動して修吾の顔にしゃがみ込んできた。

何と彼女は先に、修吾の鼻と口に尻の谷間を押し付けてきたのだ。

もともと素破に、武士に対する畏敬の念などない。殺すか殺されるか、あるいは雇い主かそれ以外かという区別しかしていないのだろう。

しかし蕾には何の匂いも籠もっていなかった。僅かに、淡い汗の匂いが感じられるだけである。

修吾が舌を這わせ、ヌルッと潜り込ませると、小梅は味わうようにモグモグと肛門で舌先を締め付けてきた。

四

「もっと奥まで舐めて……」

小梅が、懸命に穴を緩めて言い、修吾も精一杯奥まで舌を押し込んで滑らかな粘膜を味わった。

羞じらいを一切かなぐり捨て、淫気だけを前面に出した美少女の様子に、彼も次第に激しく高まっていった。

ようやく彼女が股間を移動させ、修吾は陰戸に口を押し当てた。

恥毛にも淡い汗の匂いだけが籠もり、少々物足りないほどだ。

しかし陰唇の内側は、蜜汁が大洪水になっていたのだ。

修吾は舌を挿し入れて柔肉を掻き回し、滴ってくる淡い酸味のヌメリを心ゆくまですすった。

すると小梅が股間に手を当て、指の腹でグイッと包皮を剝き、クリッとオサネを露出させた。

「ここ舐めて、いっぱい」

彼女が可憐な声で言い、ますます修吾は興奮を高めながら舌を這わせ、小さな突起に吸い付いた。

「アア、いい気持ち……、もっと吸って……」

小梅も息を弾ませて悶え、グイグイと彼の口にオサネを押し付けてきた。

彼も夢中になって吸い付き、舌を這わせては滴る淫水を飲み込んだ。

「い、いきそう……、入れるわ……」

やがて充分に高まると、小梅が言って帯を手にした。そして上へ投げつけると天井の梁にシュルッと巻き付け、彼女は帯を結んで輪にすると、そこに両膝の裏を掛けてぶら下がったのだ。

素破とは、何と奇妙な情交をするのか。

小梅は宙に浮いたまま、屹立した先端を陰戸に受け入れていったのである。ヌルヌルッと滑らかな肉襞の摩擦とともに、一物が根元まで深々と呑み込まれていった。

互いの股間は密着したが、彼女が宙に浮いているので重みはかからない。

修吾は熱く濡れた肉壺に根元まで納まり、キュッキュッと締め付けられながら快感を高めた。

小梅も、もう生娘のふりなどせず、内部を縦横に収縮させて感触を味わっているようだ。

「アア……、突いて……」

小梅が帯にしがみつきながら股間を上下させて言い、修吾もそれに合わせて股間を突き上げはじめた。

大量のヌメリに動きが滑らかになり、クチュクチュと湿った摩擦音が響いた。

すると、さらに小梅が回転をはじめた。内壁が肉棒を擦り、限界まで達すると今度は逆回転だ。

しかも、その間にも上下運動は続き、何とも妖しい快感となった。

「い、いきそう……！」

小梅が言い、回転しながら円を描くように淫水を丸く飛び散らせた。

すると、もうしがみついていられず、彼女は帯から手と脚を離して解き、今度こそ肌を密着させて茶臼（女上位）の体勢で肌を重ねてきた。

修吾もしがみつき、潜り込むようにして両の乳首を舐めて舌で転がし、徐々に濃くなってくる甘ったるい汗の匂いで胸を満たした。

さらに小梅が上から唇を重ね、かぐわしい吐息と生温かな唾液を好きなだけ与えてくれた。

「く……！」

もう修吾も限界に達し、あっという間に昇り詰めてしまった。

突き上がる絶頂の快感に呻くと同時に、ありったけの熱い精汁をドクドクと勢いよく小梅の内部に放った。

「いい……、いく……、ああーッ……！」

噴出を感じると小梅も声を上ずらせ、ガクガクと狂おしい痙攣を開始して気を遣ってしまったようだ。膣内の収縮も最高潮になり、彼は下から股間を激しく突き上げ、心ゆくまで快感を味わった。

前にしたときは生娘と信じていたので、かなり気遣いながら動いたが、今回は遠慮なく律動し、修吾は最後の一滴まで絞り尽くした。

すっかり満足しながら動きを弱め、力を抜いていくと、

「ああ、良かった……」

小梅も声を洩らしながらグッタリともたれかかり、彼の耳元で荒い呼吸を繰り返した。

まだ膣内は名残惜しげな収縮を繰り返し、刺激された一物がヒクヒクと内部で跳ね上がるように震えた。

修吾は彼女の重みと温もりを受け止め、顔を向けて可憐な口に鼻を押しつけ、甘酸っぱい息を胸いっぱいに嗅ぎながら、うっとりと快感の余韻に浸り込んでいったのだった。

しばし溶けて混じり合いそうに重なったまま、互いに荒い呼吸を繰り返した。

素破なら、こんな脱力した最中にも、不意の攻撃に対処できるのだろうかと思ったが、もちろん試すような元気や度胸はない。

「本当に、相性がいいわ……」

小梅が息を弾ませて呟き、ようやくそろそろと身を起こしていった。

股間を引き離すと、懐紙を出して手早く陰戸を拭い、一物も包み込んで拭き清めてくれた。

「もう、姫のことは諦めてくれ。裏切ったところで、追ってくる素破はいないのだろう？」

修吾は、呼吸を整えながら言った。

「ええ、修吾様が面倒を見てくれるなら、ずっとこの領内にいるわ」

小梅が、身繕いしながら答えた。

「ああ、姫に何もしないのなら良いように考えよう。今はどこに住んでいる？」

「お年寄りの農家に間借りを」

「そうか。今まで通り、野菜を持って出入りしてくれ」

「ええ、では」

言うと小梅は素直に頷き、黒装束に戻ると小屋を出て、音も無く立ち去っていった。

修吾も寝巻を着ると、灯を消して布団に潜り込んだ。小梅も、どこまで信じて良いものか分からないが、手練れの素破にとり姫君の洗脳など物足りない仕事であり、命を賭けるほどのものではないのだろう。

まして暮らすには、当藩の領内の方がずっと快適だろうから、本当にこちらへ寝返るかも知れない。

それにしても、あの可憐な生娘が素破だったとは驚きであった。

修吾は、生娘と思っていた小梅と、手練れの素破の両方を抱き、未だに二人が同じ女とは思えなかった。

そして、そんなことを思ううち、いつしか眠り込んでしまったのだった。

五

「もう、そのようなことはお止め下さいませ。私が致しますので」

修吾が庭を掃いていると、稽古を終えた弥生が来て言った。

「いえ、娘たちは私の素性を知りませんので、今まで通りに」

修吾は答えたが、小梅が素破だったことは弥生に言わなかった。

弥生のことだから、言えば熱く追及し、また小梅の心根がどうこじれるかも分からない。

とにかくこれで、加代や芙美が素破かも知れないという疑いも晴れた。

確証はないが、他に素破がいれば、年中この敷地に来ていた小梅が気づいていたことだろう。

「それより修吾様……」

弥生が言い、修吾も彼女の淫気を感じ取った。

「中でお話ししましょうか」

彼は言い、弥生を小屋へ誘った。彼女も入り、内側から戸を閉めて心張り棒を嚙ませた。

「お願い、どうか……」

上がり込んだ弥生が言い、すぐにも彼に縋り付いてきた。快楽に目覚めた肉体が疼き、もう言葉も出なくなっているのだろう。

稽古着は汗に湿り、生ぬるく甘ったるい匂いが濃厚に漂ってきた。

もちろん修吾も激しく淫気を催し、硬く勃起していった。

唇を重ねると、弥生もきつく抱きついて押し付け、ヌルリと舌を潜り込ませてきた。

彼もネットリと舌をからみつけ、生温かな唾液の潤いと、滑らかに蠢く舌の感触を味わった。

「ンン……」

弥生も熱く鼻を鳴らして修吾の舌に吸い付き、舌をからめながらもどかしげに稽古着の胸紐を解いて脱ぎはじめていった。

彼も執拗に唇を押し付けて離さず、自分も帯を解いて着物を脱いだ。

弥生は袴の紐を解いて手探りで脱ぎ去ると、しがみついたまま布団に仰向けになった。

修吾も全裸になるとのしかかり、汗ばんだ乳房に手を這わせ、指の腹でクリクリと乳首を探った。

「アアッ……」

弥生が口を離して喘ぎ、唾液の糸を引いて顔を仰け反らせた。

開いた口から吐き出される息は火のように熱く、湿り気とともに花粉のような刺激が濃く匂った。

稽古直後であるし、興奮も激しいので口中が渇き、匂いがきつくなっているようで、修吾も美女の口の匂いに興奮が高まった。

やはり控えめな匂いより、整った顔立ちとは対照的に刺激が強い方が淫気が増すのである。

彼は汗ばんだ首筋を舐め下り、興奮に色づいた乳首にチュッと吸い付き、舌で転がしながら膨らみに顔中を押し付けた。

「ああ……、身体も流さずに来てしまいました。舐めなくて良いので、どうか早く入れて下さいませ。私はおしゃぶりいたしますので……」

弥生が息を弾ませて言った。

「いいえ、身体中の匂いを嗅いで舐めないと淫気が湧きませんので」

修吾は答え、左右の乳首を交互に含んで舐め、弥生の腕を差し上げて腋の下にも鼻を埋め込んでいった。

腋毛は汗に湿り、嗅ぐと生ぬるく甘ったるい体臭が鼻腔を満たしてきた。

「いい匂い」

「あッ……、駄目、恥ずかしい……」

鼻を鳴らして嗅ぎながら言うと、弥生が身をくねらせて言った。

剣術自慢で、男装の大柄な弥生も、感じているときは完全に一人の女に過ぎなかった。

修吾は充分に嗅いで舌を這わせてから、脇腹を舐め下り腹の真ん中へ行き、臍（へそ）を舐めて引き締まった腹部に顔を押し付けて弾力を味わった。

腰骨から太腿へ下り、たまに軽く歯を立てると、

「あう、もっと強く……」

弥生は次第に朦朧（もうろう）となって言った。日頃過酷な稽古に明け暮れているから、強い刺激の方を好むのだろう。

修吾も大きく口を開いて肉をくわえ込み、小刻（こきざ）みに噛みながら太腿を下り、膝小僧から体毛のある脛（すね）を舐め下りていった。

足裏に回り込んで顔を押し付け、舌を這わせながら指の股に鼻を割り込ませて嗅ぐと、やはり汗と脂に湿ってムレムレの匂いが濃く沁み付いていた。

「か、堪忍（かんにん）……、そんなこと……」

嗅いでから爪先をしゃぶり、指の股に舌を挿し入れると弥生が声を上ずらせて言った。

修吾は両足とも味と匂いが薄れるほど貪り、やがて脚の内側を舐め上げて股間に顔を進めていった。白く滑らかな内腿にも歯を立て、陰戸に迫ると、そこはすでに蜜汁が大洪水になっていた。

指で陰唇を広げると、大きめのオサネが包皮を押し上げるようにツンと突き立ち、膣口の襞（ひだ）は白っぽい粘液にまみれていた。

顔を埋め込み、柔らかな茂みに鼻を擦りつけて嗅ぐと、隅々には甘ったるい汗の匂いが濃厚に籠もり、それにほのかなゆばりの匂いと大量の淫水による生臭い成分も入り混じっていた。

「ここもいい匂い」

「ど、どうか、ご勘弁を……、あう……！」

舌を這わされ、弥生が呻きながらビクッと顔を仰け反らせた。

修吾は舌先で膣口をクチュクチュと掻き回し、オサネまで舐め上げていった。

「く……！」

彼女は呻き、内腿でムッチリときつく彼の顔を挟み付けてきた。

修吾は味と匂いを堪能し、彼女の腰を浮かせて尻の谷間にも鼻を埋め込んでいった。

枇杷の先のように僅かに盛り上がった蕾に鼻を埋めて嗅ぐと、やはり汗の匂いに混じって秘めやかな微香が籠もり、悩ましく胸に沁み込んできた。

修吾は何度も嗅いでから舌先で襞を濡らし、ヌルッと潜り込ませて粘膜を味わった。

「あう、駄目……！」

弥生が肛門で舌先を締め付けながら呻き、ヒクヒクと下腹を波打たせた。

彼は充分に舌を出し入れさせて愛撫し、ようやく陰戸に戻ってヌメリを舐め取り、再びオサネに吸い付いた。

「そ、そこ、噛んで……」

弥生が声を震わせてせがみ、彼も前歯で突起を挟み、コリコリと軽く刺激してやった。

「あうう……、もっと強く、噛みちぎってもいい……」

彼女は我を忘れて身悶え、激しく求めてきた。

やがて修吾はオサネを愛撫して彼女を絶頂寸前まで高まらせ、いったん身を起こして胸に跨がった。

そして幹に指を添えて下向きにさせながら、先端を鼻先に突きつけると、

「ク……」

弥生も顔を上げ、すぐにも亀頭にしゃぶり付いて鼻を鳴らした。

熱い鼻息が恥毛をそよがせ、張りつめた亀頭に舌を這わせながら、たぐるように根元まで呑み込んで吸い付いた。

「アア……、気持ちいい……」

修吾は快感に喘ぎ、弥生の口の中で、唾液にまみれた幹をヒクヒク震わせた。

弥生も執拗に舌をからめ、上気した頬をすぼめて吸い付いた。

彼もいつものような受け身ではなく、美女の胸に跨がって一物をしゃぶらせるというのも新鮮で興奮が高まった。

「ンン……」

弥生が夢中になって吸い、やがて苦しくなったようにスポンと口を離すと、ふぐりから肛門にまで舌を這わせてくれた。

真下から熱い息を股間に受け、修吾も充分に高まったので、また彼女の股間へと戻っていった。

「い、入れて……」

「ええ、じゃ最初は四つん這いで、このように」

言われた修吾は、弥生をうつ伏せにさせ、尻を高く突き出させた。

「ああ……、このような格好で……」

弥生は無防備な体勢になって羞じらいながらも、四つん這いになって尻を持ち上げてきた。修吾も膝を突いて股間を進め、後ろ取り（後背位）で膣口に挿入していった。

一気にヌルヌルッと根元まで押し込むと、

「アアッ……！」

弥生が白い背中を反らせ、長い髪を振り乱して喘いだ。

潤う肉壺に深々と挿入すると、彼の下腹部に尻の丸みがキュッと当たって心地よく弾んだ。

修吾は股間を密着させ、締まりの良さと温もりを味わいながら覆いかぶさり、両脇から回した手で乳房を鷲掴みにし、徐々に腰を突き動かした。

「い、いい……、いきそう……」

弥生が顔を伏せて口走りながら、合わせて尻を動かしてきた。

しかし、やはり修吾は顔を見たいので、やがて身を起こして動きを止めると、弥生を横向きにさせた。

彼女の下になった脚を跨ぐと股間が交差し、さらに密着感が高まった。修吾は弥生の上の脚に両手でしがみつき、松葉くずしの体位で何度か動き、また止めて彼女を仰向けにさせた。

いよいよ本手（正常位）になり、彼が深々と貫いて身を重ねると、弥生も下から両手で激しくしがみついてきた。

徐々に腰を突き動かすと、何とも心地よい肉襞の摩擦が一物を包み込んだ。締まりも抜群で、淫水も多いので、すぐにも動きが滑らかに一致していった。動きに合わせてピチャクチャと卑猥な摩擦音が響き、弥生も本格的に絶頂を迫らせたようだ。

修吾も上から唇を重ねて舌をからめ、美女の唾液と吐息を貪りながら、股間をぶつけるように激しく動いた。

「い、いく……、アアーッ……！」

たちまち弥生が声を上ずらせ、彼を乗せたままガクガクと腰を跳ね上げて弓なりに反り返った。

修吾は暴れ馬にでもしがみつく思いで必死に腰を遣い、気を遣って収縮を高めた膣内で昇り詰めてしまった。

「く……！」

突き上がる大きな絶頂の快感に呻き、熱い大量の精汁をドクンドクンと勢いよく内部にほとばしらせると、

「あ、熱い、もっと……！」

噴出を感じた弥生が、駄目押しの快感を得たように口走った。

さらに締まりの増した膣内で、修吾は心置きなく最後の一滴まで出し尽くしていった。そして充分に満足しながら徐々に動きを弱め、彼女にもたれかかっていくと、

「ああ……、もう駄目……」

弥生が精根尽き果てたように声を洩らし、グッタリと身を投げ出していった。

修吾も体重を預け、美女の吐息を嗅いで鼻腔を刺激されながら、うっとりと余韻を嚙み締めたのだった。

第五章　美しき女帝の熟れ果肉

一

（何だ、騒がしいな……）

　修吾は、外の物々しい気配に気づいて、そっと小屋の戸の隙間から庭の様子を窺った。朝餉も済み、少し休息してから庭掃除にでもかかろうと思っていたところである。

　見ると、舎の庭に豪華な乗り物が到着し、前後二人ずつの陸尺が丁寧に下ろした。稽古していた弥生や娘たちが驚いて出迎え、真弓も出て来た。どうやら不意に、城から偉い人がやって来たらしい。

　修吾は、出たものかどうか迷い、なおも隙間から見ていた。

　すると、下りてきたのは女。修吾も覚えがある、珠代の母親で三十半ば過ぎになる側室の由宇であった。

藩主の正室と跡継ぎは江戸屋敷にいるが、城では珠代がことのほか藩主の寵愛を受け、同時に由宇の地位も高まっていた。

しかし、由宇は町家の出で、藩主に見初められて十七の時、つまり今の珠代と同い年の頃に城へ入った。

便宜上、いったん彼女を養女にしてから城へ入れたのは、当時の国家老だった修吾の祖父らしい。

実家は、城下にある呉服問屋の大店である。由宇は、特に権勢を振るうような野心はなく、菩薩のように輝く慈愛の持ち主であり、町家の出ながら藩士たちの尊敬を集めていた。

その由宇が舎へ来たとなると、やはり珠代の様子を見に来たのであり、当然ながら全ての娘たちに、珠代の素性が明らかになるのだった。

そして陸尺たちは、すぐにも空の乗り物を担いで引き上げていったのだ。ということは、由宇は今日ここへ泊まるつもりのようだ。

しかし、由宇は一同の出迎えに頭を下げたものの、舎には入らず、踵を返して真っ先にこの小屋へ向かってくるではないか。

(どうしたものか……)

修吾は迷ったが、あちらが来るのを中で待つわけにもいかず、結局戸を開けて外に出ると、そこに座して平伏した。

「ああ、良いのですよ。少々お話が」

近づいた由宇が言って屈み込み、突いた彼の手を握って引き起こした。

そして一緒に小屋に入り戸を閉めたので、それで見ていた娘たちにも、どうやら修吾が只者ではないということが知られてしまったのだった。

しかし、すぐに真弓と弥生が娘たちを中に入れ、迎える仕度にかかったことだろう。

「修吾さんですね。源吾様のご子息の」

「は、どうか呼び捨てでお願い致します」

由宇が言い、修吾は緊張しながら答えた。

「姫からの報せで参りました」

彼女が言う。どうやら珠代が、文を託して城へ送ったのだろう。

由宇は、実の娘だが藩主の血を引いているので珠代を姫と呼ぶ。修吾をさんづけで呼ぶのも、どこか自分は町家の出ということで、れっきとした武士とは一線を画す姿勢を持っているのだった。

「姫は、どうやらそなたに嫁したい気持ちを強くしているようです。年賀の折に見初め、ここで再会できたことを喜んでいます」

「はあ、恐れ入ります……」

「昨今、他藩からの申し出も喧(かまびす)しく、まして治水工事の人集めのため、多くの余所者(よそもの)が領内に出入りし、潜入した素破(すっぱ)の心配もしなければなりません。ここらを頃合いとし、姫をそなたに嫁がせたいと思うのですが」

「そ、そんな……」

言われて、修吾は身を縮(ちぢ)ませて戸惑(とまど)った。

「やがて家老職を継ぐそなたなら申し分なく、また姫も他の土地へ行くのを嫌がっております。殿も、学問と武芸に熱心だったそなたなら申し分ないとの仰(おお)せ、源吾様にもお伝えしました」

すでに話がそこまで進んでいるのだったら、今さら修吾に否やのあるはずもなかった。

おそらく当藩にとり、今は他藩との政治的な利害もないので、内々で済ませるのを無難としたようだ。まして長引けば、周囲の他藩との無用な悶着(もんちゃく)が生じるかも知れない。

そして藩主が、何より珠代の意思を第一としている以上、いかに修吾が遠慮しようとも進められることになるだろう。

修吾も、畏(おそ)れ多さを除けば夢のような良縁なのである。

「承知致しました。どうかよしなにお願い申し上げます」

修吾が平伏して言うと、由宇も安堵(あんど)の吐息を微(かす)かに洩(も)らした。

「では、そなたのここでの勤めも終わり。近日中に屋敷へ戻り、城への出仕の仕度をお願いします」

「はい。分かりました」

修吾は答えた。しかし、娘たちばかりの舎から出るのは名残惜(なごりお)しいので食い下がった。

「ただ、素破の調べもまだ途中ですので」

「ええ、やがて姫の婚儀の話が公(おおやけ)になれば、素破も役目を終えましょう。近々公表するので、そうしたらここを出ますように」

「承知しました。ではそれまで、今まで通りに致します」

「さて、それは無理かも。もう娘たちは、今頃そなたの素性を知らされていることでしょうから、汚れ仕事は控(ひか)えて下さいませ」

由宇が言い、やがて腰を上げた。

「では中に参りますので、待機なさいますよう」

彼女が言って小屋を出ると、修吾も平伏してそれを見送った。

そして溜息をつき、今後の行く末を思った。

何しろ、舎へ来てから実に目まぐるしい展開が続いているのだ。

女を知り、素破と接し、姫君とも戯れてしまった。そして婚儀の話が持ち上がり、とんとん拍子に進んでいるのである。

まだ実感が湧かず、冷静になろうと努めても我が身に起きたこととは思えなかった。

実際、父が引退すれば自分が次の家老職を継ぐことは確かである。

そうなれば、親の決めた相手との婚儀が待っているだろう。それが少々早めに来ただけである。

まして相手は美しく可憐な姫君だ。美貌も地位も申し分なく、戸惑いがあるとすれば、もう少しここでいろいろな娘と接したかったという贅沢な気持ちだけである。

姫の相手が修吾なら、藩士たちからも文句の出ようはずがない。

何しろ姫の地位を利用しての出世など有り得ず、もともと家老職が最も主君に近い位置だから、誰を妻に迎えようと出世とは無縁の家柄なのだ。

（せめて小梅を女中として屋敷に住まわせよう。身寄りのない気の毒な娘となれば、親も許してくれるだろう）

修吾は思い、珠代という妻を持ちながら、こっそり小梅とも情交しようという何とも大胆な展望すら思い浮かべてしまった。

と、そこへ真弓が呼びに来て、修吾はいつもの着流しのまま舎へと招かれたのだった。

もちろん建物は男子禁制だが、特例として先日の情交の講義もあったことだし今は彼の素性も知らされているので問題ないようだ。

入っていくと、襖が取り除かれて大広間となり、そこに由宇が持ってきたらしい菓子と茶が揃えられ、一同が座していた。

上座には由宇と珠代、そして弥生と真弓が座り、その隣に修吾が招かれて腰を下ろした。

二十人近くいる娘たちは、一様に緊張の面持ちで頬を強ばらせ、室内には何とも甘ったるい女の匂いが濃厚に立ち籠めていた。

珠代の素性のみならず、さらに修吾の正体も知らされ、何か無礼はなかっただろうかと思い出しているのかも知れない。

加代も芙美も末席で身を縮め、たまにチラと修吾の方に目を遣っている。

まあ、最も無礼を働いたのは弥生であるが、それも修吾には嬉しい思い出で、さらにその何倍もの快楽を得させてもらったのだ。

「では、茶菓子をつまみながらお話し致しましょう」

由宇が笑みを含み、優雅な口調で言ったが、もちろんすぐ菓子に手をつける娘はいない。

「姫がお世話に相成っております。素性を秘したのは、姫がみなと分け隔て無く修養に励みたいという、たっての願いによるものでしたので、どうかお許しを。そしてご家老の子息である修吾殿も、陰ながら姫をお守りするという役目でここへ来ておりました」

由宇が言い、あらためて娘たちは珠代と修吾の顔を見た。

「それともう一つ、このお二人は近々夫婦となりますので」

その言葉に、一同は声にならぬ響めきを上げた。初めて聞くらしく、真弓と弥生も驚きに目を見開いて二人を見つめた。

「いずれあらためて正式に言い渡されるかと思いますが、そのときはどうか皆でお祝い下さいませ。今日は私も姫の修養ぶりを拝見し、一晩泊めて頂きますのでよろしく」

由宇は言って茶をすすり、菓子を口にした。それで娘たちもつまみ、ようやく緊張の解けた和（なご）やかな雰囲気となったのだった。

二

「では、また詳しくお話を伺（うかが）いたいのですが」

一同の昼餉が済むと、また由宇が修吾の小屋に来て言った。

娘たちも、いつものように庭で稽古したり、室内で素読や裁縫（さいほう）、あるいは夕餉、風呂の仕度などを分担していた。

由宇も、婚儀に関する細かな話をするということで小屋に来て、済むまで余人は来ないことになっているようだ。

「はい、どのようなことでしょうか」

修吾は、由宇の美しくも艶（なま）めかしい熟（う）れ具合に緊張しながら答えた。

透けるように色白で肉づきが良く、胸も尻も、着物の上からでもその豊満さが窺えた。

「実は、お恥ずかしい話ですが、姫はことのほか淫気の強いたちで、自分でいじる癖が止みません。おそらく修吾さんにも強い淫気を向けたのではないかと心配しております」

「いえ、舎では規律が厳しく、そのような素振りは見受けられませんが」

修吾は、珠代との戯れを隠して答えた。

「左様ですか。ならば安堵いたしました。私に似て、たいそう快楽への執着が激しいようなのです」

由宇が正直に言った。

彼女は、今の珠代の年齢で城へ招かれ、以後藩主一筋だったのだろうが、そう殿様の精力が強いわけもないから、おそらくは自分の指や張り形で慰めていたのだろう。

「そうなのですか……」

「ときに修吾さんは、ご自身では致すのですか。どれぐらいの割りで」

由宇が、直截的に訊いてきた。

「はあ、私も自分では、日に二度か三度は……」

「まあ、そんなに……。それは頼もしゅうございます」

由宇が嘆息し、熱っぽい眼差しで彼を見つめた。

「実は殿も、ことのほか私に執着なさいまして、それこそ他に言えぬような行為も数々……」

「それは、陰戸を舐めたりとか」

つられて修吾もあからさまに言ってしまった。

「そ、そうです……。私は驚き、最初は恥ずかしかったのですが、何しろ自分でするよりずっと心地よく……。お武家はただ黙って入れるだけと思っていたのですが、全く違っておりました」

由宇が、頬を紅潮させて言う。

してみると藩主も、相当に淫気が強く、修吾のように様々な行為をするたちだったようだ。

その二人の子だから、さらに珠代は激しいのだろう。

「とにかく、修吾さんなら珠代も幸せになれると思い安堵しました」

「その、陰戸を舐めても姫様は大丈夫でしょうか」

修吾が、目の前の由宇に激しい淫気を覚えて言った。いや、あるいは彼女の淫気が修吾に伝わったのかも知れない。

「ええ、むろん大丈夫というか、悦ぶと思いますよ」

「ただ要領が分からず、どのように扱って良いものかと悩みます」

修吾は、無垢なふりをして縋るように言った。

「そう、まだ何も知らないのですね……。無理もありません」

「由宇様に、試してみるわけには参りませんでしょうか。御無礼は重々承知ながら、姫様のために……」

思いきって言うと、由宇の方から甘い匂いが濃く漂ってきた。

「確かに……、何も知らずに臨むよりは、その方が良いかも……」

由宇も、すっかり淫気を満々にさせてモジモジと答えた。元より、際どい話をするために来たのだから、あわよくば行為に及んでも差し支えないよう、誰にも来ぬよう言い置いたのだろう。

「どうか、お見せ頂けると有難いです。それは駄目と言うことは決して……」

「しょ、承知いたしました。では……」

由宇は言って立ち上がり、帯を解きはじめてくれた。

「さあ、修吾さんも……。夕餉の仕度が出来るまで誰も来ません」

促され、修吾も興奮に激しく胸を高鳴らせて帯を解き、着物と下帯を脱ぎ去っていった。

とうとう、藩主寵愛の側室にまで触れられることとなったのだ。

町家の出とは言え、修吾が生まれた頃から城にいるのだから、それは雲の上の美女である。

先に全裸になり、布団に仰向けになって待つうち、由宇も衣擦れの音をさせて優雅に脱いでゆき、白く滑らかな熟れ肌を露わにしていった。

そして、ためらいなく一糸まとわぬ姿になると、由宇は羞じらいを含んだ仕草で添い寝してきた。

修吾は甘えるように腕枕してもらい、腋の下に鼻を埋めながら、目の前で息づく何とも豊かな乳房を眺めた。

「アア……、可愛い……」

由宇も感極まったように声を洩らし、ギュッときつく抱きすくめてくれた。

考えてみれば、由宇は便宜上とはいえ、修吾の祖父の養女になったのだ。だから父の源吾とは兄妹で、修吾からしたら叔母のようなものである。

その義理の叔母が、今度は義母になろうとし、その美女と彼は肌を接しているのだった。

腋の下は生ぬるく湿り、色っぽい腋毛には何とも甘ったるい汗の匂いが濃厚に籠もっていた。

真弓よりずっと年上で、修吾は熟れた体臭で鼻腔を満たし、そろそろと乳房に手を這わせていった。乳首も乳輪も綺麗な桜色で、膨らみは柔らかく、手のひらに余るほど豊かだった。

充分に嗅いでから、そろそろと顔を移動させ、のしかかりながらチュッと乳首に吸い付いて舌で転がすと、

「アア……」

由宇は熱く喘ぎ、うねうねと熟れ肌を波打たせはじめた。

修吾はコリコリと硬くなった乳首を舐め回し、もう片方も含んで舌を這い回らせた。

「いい気持ち……、どうか、どのようにも好きなように……」

由宇が身を投げ出して言い、修吾も白い肌を舐め下りていった。形良い臍を舐めて腹部に顔を押し付けると、心地よい弾力が感じられた。

まさか舎にいる珠代や娘たちの誰も、ここでこのようなことが繰り広げられているなど夢にも思わないだろう。

彼は豊満な腰からムッチリとした太腿へ下り、滑らかな脚を舐め下りた。

由宇も、早く股間をとせがむことはせず、何でも好きにさせてくれていた。

脚もスベスベで、脛には体毛もなく、やがて彼は足裏に回り込んで顔を押し付け、舌を這わせて指の股に鼻を割り込ませた。

それでも由宇は拒まず、されるままになっていた。

指の股は、やはり汗と脂に生ぬるく湿り、蒸れた匂いが沁み付いて鼻腔を悩ましく刺激してきた。

匂いを貪りながら踵から土踏まずを舐め、やがて爪先にしゃぶり付いて順々に指の股に舌を挿し入れていった。

「あう……、そ、そのようなことを……」

由宇が呻き、ビクリと脚を震わせた。どうやら藩主は、ここまでの行為はしていなかったようだ。まあ、本来はそれが当然であり、陰戸を舐める方が異端なのだろう。

修吾は両足とも存分に貪り、味と匂いを堪能し尽くした。

やがて脚の内側を舐め上げて股間に向かってゆき、白く滑らかな内腿をたどり、股間に迫っていった。

ふっくらした股間の丘には黒々と艶のある恥毛が上品に煙り、肉づきが良く丸みを帯びた割れ目からは、ヌメヌメと潤う花びらがはみ出していた。

修吾は顔中に熱気と湿り気を感じながら、そっと指を当てて陰唇をグイッと左右に広げた。

微かにクチュッと湿った音がし、中身が丸見えになった。

柔肉は綺麗な桃色で蜜汁に濡れ、かつて珠代が生まれ出てきた膣口も、花弁状に襞を入り組ませて息づいていた。

ポツンとした尿口の小穴もはっきり見え、包皮の下からは小指の先ほどもあるオサネが光沢を放ち、ツンと突き立っていた。

何と綺麗な陰戸であろうか。

もう我慢できず、修吾は吸い寄せられるように顔を埋め込み、柔らかな茂みに鼻を擦りつけて嗅いだ。

隅々には、腋に似て甘ったるい汗の匂いが馥郁と籠もり、それにほのかな残尿臭の刺激も入り混じって鼻腔を掻き回してきた。

修吾は悩ましい匂いで胸を満たし、舌を這わせていった。

膣口をクチュクチュ舐め回すと、淡い酸味のヌメリが舌の動きをヌラヌラと滑らかにさせた。

さらに柔肉をたどってオサネまで舐め上げていくと、由宇の熟れ肌がビクッと震え、内腿でムッチリと彼の両頬を挟み付けてきた。

三

「ああッ……、い、いい気持ち……」

由宇が顔を仰け反らせて喘ぎ、ヒクヒクと白い下腹を波打たせた。

修吾は美女の味と匂いを心ゆくまで味わい、さらに彼女の豊満な腰を浮かせ、白く丸い尻の谷間に迫った。

細かな襞を震わせ、キュッと閉じられた薄桃色の蕾に鼻を埋め込んで嗅ぐと、やはり汗とは異なる秘めやかな匂いが鼻腔を悩ましく刺激してきた。

彼は何度も深呼吸して美女の恥ずかしい匂いを貪り、舌を這わせて濡らし、ヌルッと潜り込ませて粘膜を味わった。

「あう……、そ、そんなことされるの初めて……」

由宇が息を詰め、キュッと肛門で舌先を締め付けて言った。やはり淫気の強い藩主もここまでは舐めていなかったようだ。

修吾は舌を出し入れさせるように蠢かせ、滑らかな粘膜を堪能し、ようやく舌を陰戸に戻していった。たっぷり溢れている淫水を舐め取り、再びオサネに吸い付くと、

「ま、待って……、すぐいきそう……」

由宇が言って身を起こし、彼の顔を股間から追い出してきた。

入れ替わりに修吾が仰向けになると、彼女はためらいなく大股開きになった真ん中に腹這い、彼の脚を浮かせて尻の谷間に迫ってきた。

「い、いいですよ、そのようなこと……」

「いいえ、私も舐められてたいそう心地よかったので」

畏れ多さに声を震わせて言うと、由宇は答えながらすぐにも彼の肛門に舌を這わせてきた。

「あう……！」

ヌルッと潜り込むと、修吾は呻いてキュッと肛門を締め付けた。

由宇は自分がされたように内部で舌を蠢かせてから、やがて脚を下ろしてふぐりにしゃぶり付いた。

舌で念入りに二つの睾丸を転がしてくれたので、これは藩主にもせがまれて行なっていたようだ。やがて袋全体を生温かな唾液にまみれさせると、そのまま由宇は肉棒の裏側をゆっくり舐め上げ、チロチロと鈴口から滲む粘液を舐め取ってくれた。

「アア……」

修吾は快感に喘ぎ、主君寵愛の側室の鼻先でヒクヒクと幹を震わせた。

由宇も張りつめた亀頭をしゃぶり、スッポリと喉の奥まで呑み込み、熱い鼻息で恥毛をくすぐった。

上品な唇が幹を丸くキュッと締め付けて吸い、内部ではクチュクチュと舌がからみつき、たちまち一物は美女の清らかな唾液にどっぷりと浸った。

さらに顔を上下させ、スポスポと摩擦しはじめたので、

「ゆ、由宇様、どうか、もう……」

絶頂を迫らせた修吾は降参するように腰をよじって言った。

するとと彼女もスポンと口を離し、顔を上げた。

「どうか、上から入れて下さいませ……」

修吾が言って手を引っ張ると、

「上など、初めて……」

由宇は言いながらも、身を起こして彼の股間に跨がってきた。

確かに、藩主を跨ぐわけにいかないので、常に本手（正常位）のみで交接してきたのだろう。

彼女はぎこちなく幹に指を添え、先端に割れ目を押し付けてきた。

そして位置を定めると息を詰め、初物と思っている一物を受け入れ、娘婿になる男と一つになっていった。

屹立した一物が、ヌルヌルッと滑らかな肉襞の摩擦を受け、根元まで呑み込まれた。

「アアッ……！」

由宇が顔を仰け反らせて喘ぎ、ピッタリと股間を密着させて座り込んだ。

味わうように、膣内がキュッキュッと締まり、修吾も温もりと感触に包まれて激しく高まった。

彼女は何度か股間を擦りつけてから、身を重ねてきた。

修吾も、胸に密着する豊かな乳房を味わいながら両手で抱き留めた。

「ああ……、何と心地よい……」

由宇がうっとりと喘ぎ、熱い息を弾ませた。

彼女の吐息は熱く湿り気を含み、白粉のように甘く上品な刺激を含んでいた。

修吾が下から唇を求めると、由宇も上からピッタリと重ねてくれ、すぐに互いの舌がネットリとからみ合った。

「ンン……」

舌を潜り込ませると、由宇は熱く甘い息を籠もらせて吸い付いてきた。

そして徐々に腰を動かしはじめ、修吾も合わせてズンズンと股間を突き上げはじめた。

「ああッ……、いい……」

由宇が口を離して喘ぎ、動きを一致させてきた。

溢れる淫水が律動を滑らかにさせ、クチュクチュと淫らに湿った摩擦音が聞こえ、たちまち互いの股間がビショビショになっていった。

「アア……、嫌らしい音……」

由宇が音にも反応して喘ぎ、腰の動きを速めていった。

「唾を下さい……」

顔を引き寄せてせがむと、由宇も興奮に任せ、すぐにも形良い唇をすぼめ、白っぽく小泡の多い唾液をトロトロと吐き出してくれた。

それを舌に受け、生温かな粘り気を味わい、うっとりと喉を潤した。

「顔中も濡らして下さい……」

甘い刺激の息を嗅ぎながら言うと、由宇もたっぷりと唾液に濡れた舌を這わせはじめてくれた。

鼻の頭から額までヌラリと舐め上げ、さらに瞼や頬も舐め回すと、たちまち修吾の顔中は美女の生温かな唾液でヌルヌルにまみれた。

「ああ……、いきそう、由宇様……」

「母上とお言い」

喘いで言うと、由宇も息を弾ませて腰を遣いながら言った。

「は、母上……」

「アア、可愛い。姫より先に頂いてしまったわ……」

言うと由宇も感極まったように声を洩らし、さらにヌラヌラと彼の顔中を舐め回しては舌をからめ、膣内の収縮を活発にさせていった。

もう耐えきれず、修吾は激しく股間を突き上げ、心地よい摩擦と美女の甘い口の匂いに酔いしれながら昇り詰めてしまった。

「い、いく……！」

突き上がる絶頂の快感に口走り、ありったけの熱い精汁をドクンドクンと勢いよく柔肉の奥にほとばしらせた。

「で、出ているのね。いい気持ち、ああーッ……！」

噴出を感じた由宇も、声を上ずらせて言いながら同時に気を遣ってしまったようだ。ガクガクと熟れ肌を狂おしく痙攣させ、きつく締め上げながら激しく身悶えた。

修吾は心ゆくまで快感を嚙み締め、最後の一滴まで出し尽くした。

すると由宇も徐々に熟れ肌の強ばりを解き、満足げに力を抜いて体重を預けてきた。

彼は重みと温もりを受け止め、まだ名残惜しげに収縮する膣内でヒクヒクと幹を過敏に震わせた。

「ああ……、なんて元気の良い……」

由宇は喘ぎ、駄目押しの快感を得るようにキュッキュッときつく締め付けては一物の震えを味わった。

彼も力を抜き、甘い刺激を含んだ匂いの洩れる口に鼻を押しつけ、唾液の香りの混じった息を嗅ぎながら、うっとりと快感の余韻を味わった。

そして重なったまま荒い呼吸を繰り返すと、ようやく由宇もそろそろと股間を引き離し、懐紙を手にした。

修吾が慌てて身を起こそうとすると由宇が制し、手早く互いの股間を処理して添い寝すると、また彼は腕枕してもらった。

「これだけ丁寧に可愛がってくれれば、姫も満足でしょう……」

由宇が、呼吸を整えながら言った。

「では、陰戸も足も舐めても大丈夫ですね……」

「はい。何やら修吾さんは、殿よりずっと隅々まで舐めてくれ、女は誰も虜になるでしょう」

由宇が言い、修吾も自分の愛撫の仕方を武士らしくないと思いつつ、これで間違っていないのだと実感したのだった。

やがて由宇は起き上がって身繕いをしたので、修吾も身を起こして下帯と着物を着けた。

「では近々、お城から報せが来るでしょうから、それまではここで過ごして下さいませ」

由宇は言い、髪を直してから小屋を出ていったのだった。

四

(え……? 何事……)

修吾は、また舎の周囲に不穏な気配を感じて身構えた。

もう日は落ち、娘たちも全て入浴と夕餉を済ませ、各部屋で休んでいる頃合いである。

彼も、寝しなに外の厠を使って小屋に戻ろうとしていたところだった。

外に数人の足音が乱れ、裏木戸から誰かが入ってくるのが見えた。修吾が物陰に身を潜めて窺うと、山賊のような連中が十人ばかり。

「ここか、女だけの藩校というのは」

「ああ、屈強な男はみな治水工事の寄せ場だからな、やり放題だぜ」

男たちが囁き合い、庭を横切って舎の方に迫っていった。

どうやら男の少ない領地と知り、流れ者の破落戸(ごろつき)が押し込んできたらしい。

修吾は刀を持っていないので、小屋の脇にあった長めの薪(まき)を両手に持ち、急いで連中の前に立ちはだかった。

恐ろしいが、そこはやはり武士として傍観しているわけにはいかず、身体(からだ)が勝手に動いていた。

「何だ、てめえは」

「男がいるじゃねえか。まあ弱そうな下男だ。やっちまえ」

連中はみな大柄で髭面(ひげづら)、獣の皮で作ったチャンチャンコを羽織(はお)り、一斉に腰の剛刀を抜き放ってきた。

「曲者(くせもの)！　弥生様！」

修吾は一世一代の大音声を張り上げて叫び、両手の薪を構えた。

「騒ぐな、小僧！」

正面の大男が言うなり剛刀を振りかぶってきた。

しかし、その時である。

「むぐ……！」

男が額を押さえて呻き、ガックリと膝(ひざ)を突いたのである。

「こ、こいつ、やりやがったな……！」

他の者も気色ばみ、修吾を囲むように切っ先を突きつけてきたが、それが何と次々にコツンと音を立てて崩れていったのだ。

「ぐえ……！」

「うぐ……！」

誰もが奇声を発して地に転がり、修吾が驚いて見上げると、小屋の上に黒装束の影が。

それは満月を背にし、長い黒髪をなびかせた小梅ではないか。

どうやら彼女が、手にした石飛礫を連中の顔面に投げつけていたのである。

たちまち半数以上が呻いて倒れ、飛礫が尽きたか、小梅もヒラリと飛び降りるなり、残りの連中の脾腹や股間に、手刀と足刀をめり込ませていった。

その見事な攻撃は、優雅な舞を見るようだった。

おそらく小梅は、刃物を使わぬ、徒手空拳の技を得意とする素破の一族なのだろう。

たちまち最後の一人が崩れると、小梅は修吾を見てにっこりと笑い、すぐにも闇の中に姿を消していった。

同時に、雨戸が開いて弥生をはじめとする娘たちが、手に手に薙刀(なぎなた)を持って躍(おど)り出てきた。

「修吾様、ご無事で……、う、これは……」

弥生が先陣を切って駆けつけてくれたが、すでに十人の賊が昏倒していた。

修吾も、両手に持った薪ざっぽうを下ろし、あらためて転がっている連中を見回した。

「流れ者の破落戸でしょう。山を越えて領内に来たと思われます」

「こ、これを一人で……？」

修吾が言うと、弥生が息を呑んで言い、珠代をはじめとする他の娘たちも驚いて身をすくませていた。真弓も由宇と一緒に、縁側からこちらを見ている。

「いえ、武芸も知らぬ連中でしたので」

修吾は、手柄を横取りしたようで心苦しいが、小梅の素性は秘しておきたかったので、そう答えた。

「誰か二人、役人へ報せに行きなさい。残りの者は縄を出して縛(しば)るのです」

真弓が言うと、二人の娘が寝巻の上から羽織を着て、すぐにも舎を飛び出していった。

そして誰かが庭の篝火(かがりび)を点け、縄を出してきた。

修吾は、弥生と一緒に転がっている連中をひとまとめにし、順々に後ろ手に縛り付けていった。

「それにしても、さすがですね……」

弥生が興奮に息を震わせて修吾に言った。本当は、自分も戦いたかったようで少々不満そうにしていた。

「済みません。あまりに弱い連中ばかりだったので、弥生様の出番を奪ってしまいました」

「何の。それより修吾様の働きぶりを見たかった」

「お役人が来るまで、茶でも淹(い)れて待ちましょう」

弥生は言い、連中の得物を奪ってひとまとめにした。

由宇(わ)が何とも優雅な声で言い、娘たちも甲斐甲斐(かいがい)しく厨(くりや)へ行って火を熾(おこ)し、湯を沸かしはじめた。

娘たちも、修吾の首尾に浮き浮きとし、春の宵(よい)に篝火を焚(た)いて、何やら俄(にわか)な祭気分になってきたようだった。

「お怪我(けが)はありませんか」

珠代が訊いてきた。彼女だけは、まだ震えが止まらないようだ。

「はい、大事ありません。冷えるといけませんので、どうぞ中へ」

修吾は言い、やがて茶の仕度も調い、一同は縁を開け放した座敷で一服した。

すると、大人しくしていた山賊たちも次々に息を吹き返したが、がっちり縛り付けられて身動きできない。

「ち、畜生……」

「こんなに女がいるというのに……」

連中は手練れの素破に倒されたことも覚えておらず、弱そうな修吾に負けたと思い、自分たちの不甲斐なさに歯噛みするばかりだった。

修吾も縁に腰を下ろして茶をすすり、月を見上げた。もうだいぶ桜の蕾も膨らみ、間もなく格好の花見日和となろう。

やがて四半刻足らずで、奉行が騎馬で駆けつけてきた。舎から奉行所までは、それほど遠くない。

さすがに藩の生娘たちの舎だから、奉行が直々に駆けつけてきたのである。

あとから襷掛けの役人たちも来て、山賊たちを引っ立てていき、娘二人も戻ってきた。

「では明日にでも、詳しい事情を伺いに参りますので」

奉行も、ここにいるのが側室と姫、家老の息子ということを知り、丁寧に辞儀をして言った。

そして喧騒が治まり、一行が去っていくと静寂が戻り、娘たちは灯を消して茶の後片付けをした。

「さあ、では寝ましょう。明日も早いですから」

真弓が一同に言うと、娘たちも各部屋へと戻って行き、珠代と由宇も中に入っていった。

しかし弥生だけは、まだ血が騒ぐように周辺を見まわると言って外へ出ていった。修吾も弥生と一緒に行ったが、どこも静かで、まず山賊の仲間はいないようである。

修吾は、後日小梅に会ったら厚く礼を言おうと思った。

恐らく小梅は常にこの周辺にいて、今日のようなことがないか見守ってくれているのだろう。

「さあ、もう大丈夫です。戻りましょう」

舎の周りを一回りして、修吾は弥生に言った。

やがて戻ると、弥生は彼と一緒に小屋に入ってきた。

「ああ、もっと早く庭へ飛び出せば良かった……。寝入りばなで、修吾様の声が空耳かと思い、出遅れてしまいました。もし修吾様に何かあれば、とんだ失態です……」

弥生が、甘ったるい汗の匂いを漂わせて残念そうに言った。

「いいえ、こうして無事だったのですから」

「あの連中、もし舎の中に侵入したら、次々に娘たちを犯したのでしょうね」

弥生が、まだ興奮冷めやらぬ息遣いで言った。

「ええ、金目のものが目的なら、他の屋敷を狙ったでしょうからね。誰も飢えた顔つきをしていましたし」

「ああ……、姫の警護で来ているというのに、何と不甲斐ない……」

弥生は身悶えて言い、とうとう修吾の胸に縋り付いてきてしまった。

「ねえ、お願い。私を乱暴に犯して下さいませ……」

「そんなこと出来ません。でも、私もすぐには眠れそうもないので」

修吾は、夢中でしがみつく弥生を抱きすくめて答え、互いの寝巻の帯を解いていった。

弥生もいったん僅かに身を離すと、もどかしげに寝巻を脱ぎ去り、たちまち一糸まとわぬ姿になって布団に横たわった。

修吾も全裸になり、添い寝していった。

夕刻に入浴したが、弥生の全身は汗ばみ、甘ったるい匂いが濃く漂っていた。

彼は美女の体臭に酔いしれながら、乳首に吸い付いていった。

五

「アア……、強く、噛んで……」

弥生がクネクネと身悶え、すぐにも声を上ずらせて求めてきた。

汗の匂いに混じり、肌の上を流れてくる息の匂いも濃く、恐らく緊張と興奮で口中が渇いているのだろう。

修吾は充分に吸い付いて舌で転がしてから、乳首にキュッと歯を立てた。

「あう……、もっと……」

弥生がビクッと身を強ばらせて呻き、彼も左右の乳首を交互にコリコリと噛んでやった。

さらに腋の下に鼻を埋めて嗅ぐと、腋毛がジットリと生ぬるく湿り、新鮮な汗の匂いが馥郁と鼻腔に沁み込んできた。

修吾は美女の体臭で胸を満たし、汗の味のする引き締まった肌を舐め下りていった。たまに肌に歯を食い込ませると、弥生が身を震わせ、さらに濃い匂いを揺らめかせた。

他の女よりは頑丈に出来ているし痛みにも強いだろうから、遠慮なく嚙み締めると修吾も興奮が高まってきた。

「ああ……、血が出るほど嚙んで……」

弥生は朦朧となり、うねうねと悶えながらせがんでいたが、そんな強く嚙むわけにはいかない。もっとも最初に弥生が修吾に嚙みついたときは、責めもあるから実に容赦ない力であったが。

やがて脇腹から腰、太腿へ下り、彼は脚を舐め下りて足裏にも舌を這わせ、指の股にも鼻を押しつけて蒸れた匂いを貪った。

そして両の爪先をしゃぶって全ての指の股を味わい、いよいよ股を開かせ、脚の間を舐め上げていった。

内腿にも歯を食い込ませると、目の前の陰戸から蜜汁が溢れてきた。

指で陰唇を広げると、襞の入り組む膣口には白っぽい粘液がまつわりつき、熱い湿り気が籠もっていた。

修吾も顔を埋め込み、柔らかな茂みに籠もった汗とゆばりの匂いを嗅ぎながら舌を這わせていった。柔肉はトロリとした淡い酸味の蜜汁に潤い、彼は膣口からオサネまで舐め上げた。

上の歯で包皮を剥いて突起に吸い付き、舌で小刻みに弾きながら軽く前歯でコリコリと刺激すると、

「アア……、もっと強く噛んで……」

弥生が息を弾ませ、ムッチリと内腿で彼の顔を挟み付けて喘いだ。

修吾は力を強めてオサネを噛み、溢れる淫水をすすり、さらに脚を浮かせて尻の谷間にも鼻を埋め込んだ。

残念ながら湯上がりで匂いは薄く、それでも舌を這わせてヌルッと潜り込ませると、

「あう……、駄目……」

弥生が呻き、肛門でキュッときつく舌先を締め付けてきた。

修吾は充分に内部の粘膜を舌で掻き回してから、再びオサネに戻っていった。

「ああ……、いきそう、お願い、入れて……」

弥生がガクガクと腰を跳（は）ね上げ、相当に絶頂を迫らせながら言った。

修吾もいったん彼女の股間を離れ、挿入する前にまず一物を彼女の鼻先に突きつけた。

すぐにも彼女が顔を上げて亀頭にしゃぶり付き、モグモグと根元まで呑み込んでいった。

「ンンッ……」

弥生は熱い息で恥毛をくすぐり、呻きながら執拗（しつよう）に舌をからみつけ、淫らに音を立てて吸い付いてきた。

修吾も深々と押し込み、蠢く舌のヌメリで最大限に勃起していった。

やがて高まって引き抜くと、弥生が仰向けで股を開いてきた。どうやら今日は上にならず、どうしても下に組み伏せられたいらしい。

修吾も本手（正常位）でのしかかり、唾液に濡れた先端を、淫水の溢れる陰戸に押し付けていった。

位置を定め、感触を味わいながら挿入していくと、一物はヌルヌルッと心地よい肉襞の摩擦を受け、滑らかに根元まで吸い込まれた。

「アアッ……！」

弥生が身を弓なりに反らせて喘ぎ、修吾が股間を密着させて身を重ねると、下から両手で激しくしがみついてきた。

修吾も最初から勢いを付けて腰を前後させ、激しく律動しはじめた。

「く……、いきそう……」

弥生もズンズンと股間を突き上げ、彼の背に爪まで立てて悶えた。

膣内の収縮も活発になり、淫水は粗相したかと思えるほど溢れて下の布団にまで沁み込んでいった。

「ね、嘘でも良い、好きと言って……」

弥生が熱っぽい眼差しで彼を見上げながら口走った。

「好きですよ。嘘でなく、本当に私は弥生様が好きです」

答えると、膣内の締まりが増した。

「う、嬉しい。これからも、一生姫と修吾様をお守りいたします……」

弥生が言い、ヒクヒクと肌を痙攣させはじめた。

修吾は動きながら、弥生の喘ぐ口に鼻を押し込んで嗅ぎ、濃くなった甘い花粉臭の刺激で鼻腔を満たして高まった。

そして唇を重ねて舌をからめ、生温かな唾液をすすり、蠢く舌の感触に酔いしれた。

「ンンッ……！」

弥生が呻き、とうとう気を遣ってしまったようだ。ガクンガクンと狂おしい痙攣を起こし、彼を乗せたまま激しく腰を跳ね上げた。

「アアッ……、気持ちいい……！」

口を離して喘ぎ、唾液の糸を引きながら弥生は乱れに乱れた。

同時に修吾も、凄まじい弥生の絶頂に巻き込まれ、続いて昇り詰めてしまい、大きな快感に包まれた。

「く……！」

突き上がる快感に呻き、彼は熱い大量の精汁をドクドクと内部に勢いよく注入していった。

「あう、感じる……！」

噴出で、駄目押しの快感を得たように弥生が呻き、精汁を飲み込むようにキュッキュッと膣内を締め付け続けた。まるで歯のない口に含まれ、舌鼓でも打たれているような快感だった。

修吾は股間をぶつけるように動き続け、粘膜の摩擦と肌のぶつかる音を繰り返した。

いつしか弥生は精根尽き果てたように硬直を解き、グッタリと身を投げ出して荒い呼吸を繰り返していた。もう気を遣りすぎて放心し、無感覚に近くなっているのかも知れない。

ようやく修吾も最後の一滴まで心置きなく出し尽くし、満足しながら徐々に動きを弱め、遠慮なく彼女に身を預けていった。

まだ膣内がキュッキュッと息づくように収縮し、刺激された一物がヒクヒクと中で跳ね上がった。

修吾は、灯（ひ）のように熱い息の洩れる弥生の口に鼻を押しつけ、息と唾液の混じった刺激を嗅ぎながら、うっとりと快感の余韻を嚙み締めた。

「ああ……、もう死んでも良い……、するごとに、良くなってくる……」

弥生が独（ひと）りごちるように言い、薄目で彼を見上げた。

修吾も呼吸を整え、そろそろと股間を引き離してゴロリと添い寝した。

すると弥生が、まだ余力があるように身を起こすと、精汁と淫水にまみれた亀頭にしゃぶり付いてきたのだ。

「く……」

修吾は刺激に呻いたが、されるままじっとしていた。

弥生は唾液で清めるように舌をからめ、根元まで含んでは吸いながらチュパッと引き抜いた。

「これが、姫の初物を奪うのですね……」

弥生は言い、慈しむように幹に指を這わせ、執拗に鈴口を舐め回した。

一物は、強烈な愛撫に応えるようにすぐにもムクムクと回復していった。

「ああ……」

修吾も快感を甦らせ、弥生の口の中であっという間に元の硬さと大きさを取り戻してしまった。

「嬉しい。そんなに私が好きなのですね……」

弥生は一物に囁きかけ、さらに亀頭を含んでスポスポと摩擦した。もう陰戸への挿入は充分なので、あとは口で感じたいようだ。

修吾も、もう一回射精する気になって小刻みに股間を突き上げると、弥生も夢中になって濡れた口で摩擦し続けてくれた。

「い、いく……」

修吾は、たちまち絶頂に達し、快感に腰をよじりながら口走った。

同時に、まだ残っていたかと思えるほどの精汁が勢いよく弥生の口の中に飛び散った。

「ンン……」

彼女も噴出を受け止めて呻き、全て吸い尽くしてから飲み下してくれたのだった……。

第六章　目眩(めくるめ)く日々は果てなく

一

「やあ、昨夜は有難(ありがと)う。心から感謝する」

修吾は、昼過ぎに野菜を持って訪ねて来た小梅を小屋に呼んで言った。

今日の午前中は、城から乗り物が迎えに来て、由宇は帰っていった。

そして入れ替わりに奉行も顔を見せ、昨夜の経緯を簡単に聞いただけで引き上げていった。

恐らく山賊たちは、厳重な監視の下で治水工事の寄せ場に送られ、重労働を強(し)いられることとなろう。

あとは修吾も、城や家からの呼び出しを待つだけとなったが、何やらいつまでもここにいたいと思ってしまった。

「ええ、あの程度の相手なら造作もないこと」

小梅は、小屋に修吾と二人きりとなると可憐な娘から一変し、妖しい眼差しとなって答えた。

「修吾様は、ご家老の息子だったのですね。そして珠代姫と婚儀を」

小梅が言う。どうやら昨日の、大広間での会合をどこからか覗いていたようだった。

「ああ、だから小梅の役目も終わったのだ」

「ええ、そういうことになります」

「で、どうする。くにへ戻っても身寄りがなければ仕方あるまい。私が所帯を持ったら、住み込みで働かぬか」

修吾は言った。小梅ほどの手練れならば用心棒にもなるし、医術その他の知識も豊富だろう。

「本当に、良いのですか」

「ああ、平穏な暮らしを望むなら、うちから嫁に出ても良いし」

「出来れば、ずっと修吾様のそばにお仕えしたいです。もちろん姫様に知られるようなことはしませんので」

小梅が淫らな含みを見せて言うと、修吾も股間が熱くなってきてしまった。

しかも颯爽たる長い髪の黒装束と違い、今は髪を結って農家の娘然とした着物姿で、それぞれに興奮が湧いた。そう、小梅は二つの顔を持ち、修吾も二つの楽しみが持てるのだった。

「ね、今は村娘のままでいて」

修吾は淫気を湧かせて言い、にじり寄って抱きすくめた。

「ええ……、どうか優しくして下さい……」

小梅も可憐な声で羞じらい、甘えるように囁いた。

帯を解きはじめると、すぐ小梅は自分から脱ぎ、修吾も手早く着物を脱ぎ去っていった。

たちまち互いに全裸になると、修吾は布団に仰向けになり、小梅に添い寝させた。自分の乳首を小梅の口に押し付けると、彼女もチュッと吸い付き、熱い息で肌をくすぐりながらチロチロと舌を這わせてくれた。

「嚙んで……」

快感に悶えながら言うと、小梅もキュッと綺麗な歯で乳首を挟んでくれた。

「ああ……、もっと強く……」

せがむと小梅も力を込めつつ、さすがに加減しながら歯を食い込ませた。

そして両の乳首を舌と歯で愛撫すると、彼女は肌を舐め下り、股間に移動していった。

大股開きになると真ん中に陣取って腹這い、彼の両脚を浮かせ、まずは尻の谷間を舐め、ヌルッと肛門に舌を潜り込ませた。

「あう……」

修吾は妖しい快感に呻き、モグモグと肛門で美少女の舌先を締め付けて味わった。小梅も舌を蠢かせ、熱い鼻息でふぐりをくすぐってから、やがて脚を下ろして舐め上げてきた。

ふぐりを舐め回して睾丸を転がし、生温かく清らかな唾液に袋をまみれさせてから、いよいよ肉棒の裏側を舐め、先端まで舌を這わせると鈴口から滲む粘液をすすってくれた。

さらに張りつめた亀頭にしゃぶり付き、スッポリと喉の奥まで呑み込み、笑窪の浮かぶ頬をすぼめて吸い、クチュクチュと舌をからめてきた。

「ああ……、気持ちいい……」

修吾は股間に熱い息を受け止め、小梅の口の中で唾液にまみれた幹をヒクヒク震わせて喘いだ。

「跨いで……」

高まりながら言うと、小梅もチュパッと口を引き離して顔を上げ、そのまま彼の上を前進してきた。

まずは腹に座らせ、立てた両膝に寄りかからせて脚を伸ばさせた。

修吾は全身に美少女の重みを感じ、足裏を舐め、蒸れた指の股に鼻を割り込ませて嗅いだ。

そして爪先にしゃぶり付き、舌を挿し入れて汗と脂の湿り気を貪った。

「あん……」

小梅が声を上げ、ビクリと反応し、下腹に密着した割れ目を生温かく潤わせはじめた。

本当に感じているのかどうか分からないが、今は村娘を演じてくれているのでその反応は実に可憐だった。

両足とも、充分に味と匂いを堪能してから、さらに彼女の手を引っ張った。

彼女がためらいなく顔に跨がってしゃがみ込んでくれたので、修吾も下から腰を抱え、まずは白く丸い尻の真下に潜り込み、顔中にひんやりした双丘を受け止めた。

薄桃色の蕾に鼻を押しつけて嗅ぐと、今日も秘めやかな匂いが鼻腔を悩ましく刺激してきた。充分に嗅いでから舌を這わせて襞の震えを味わい、ヌルッと潜り込ませて粘膜を舐め回した。

「く……」

小梅が小さく呻き、キュッと肛門で舌先を締め付けてきた。

修吾は舌を蠢かせてから引き抜き、僅かに顔をずらして陰戸に舌を挿し入れていった。

柔らかな若草には汗とゆばりの匂いが生ぬるく籠もり、悩ましく鼻腔をくすぐってきた。内部の柔肉はすでに淡い酸味の蜜汁が湧き出し、すぐにも舌の動きを滑らかにさせた。

息づく膣口の襞を掻き回し、柔肉をたどってオサネまで舐め上げると、

「アア……、いい気持ち……」

小梅がうっとりと喘ぎ、懸命に両足を踏ん張りながら下腹をヒクヒク波打たせて白い内腿を張り詰めさせた。

修吾は味と匂いを堪能しながらオサネを吸い、溢れる淫水を舐め取った。

「ね、ゆばりを放って……」

そして真下から言うと、小梅はまたもやためらいなく、主人の言いつけを忠実に守り、息を詰めて尿意を高めてくれた。

舐めていると柔肉が盛り上がり、味わいと温もりが変化していった。

「あう……、出ます……」

彼女が息を詰めて小さく言うなり、チョロチョロと弱い流れがほとばしって修吾の口に注がれてきた。

彼は仰向けなので噎せないよう注意しながら味わい、喉に流し込んでいった。

小梅も加減しつつ、少量ずつ出してくれているようだ。もう良いと言えば、途中でも止められるのだろう。

味と匂いは実に淡く清らかで、修吾は出し切るまでこぼさずに受け入れ、飲み干してしまった。

「ああ……」

放尿を終えると小梅が小さく息を吐き、プルンと下腹を震わせた。

修吾は余りの雫をすすり、割れ目内部を貪った。すぐにも新たな蜜汁が溢れ、淡い酸味のヌメリが満ちていった。

「入れて……」

言うと小梅もすぐに再び彼の上を移動し、股間に跨がり、屹立した先端に濡れた陰戸を押し付けてきた。位置を定め、息を詰めてゆっくり腰を沈めると、一物は滑らかに呑み込まれていった。

「アアッ……！」

小梅が顔を仰け反らせて喘ぎ、完全に座り込んでキュッと股間を密着させてきた。修吾も、ヌルヌルッと幹を刺激する肉襞の摩擦と温もりに包まれ、うっとりと快感を味わった。

両手で彼女を抱き寄せ、顔を上げて潜り込み、薄桃色の乳首に吸い付くと、胸元や腋から甘ったるく可愛らしい汗の匂いが漂った。

左右の乳首を交互に含んで舐め回すうちにも、膣内の収縮がキュッキュッと活発になり、溢れた淫水が生ぬるく彼のふぐりから肛門の方までトロトロと伝い流れてきた。

さらに小梅の腋の下にも鼻を埋め、湿った和毛に籠もる濃厚な汗の匂いで鼻腔を満たし、徐々にズンズンと股間を突き上げはじめていった。

「ああ、いい気持ち……」

小梅が喘ぎ、動きに応えるように腰を遣いはじめた。

下から唇を求めると、彼女もすぐに重ね合わせて舌をからめてくれた。

生温かく清らかな唾液をすすって喉を潤し、滑らかに蠢く舌を味わい、甘酸っぱい果実臭の息で鼻腔を満たした。

これらの芳香が、戦いの時には一切消え失せてしまうのだから不思議である。

修吾は動きながら、彼女の口を開かせ、下の歯を鼻の下に引っかけてもらい、心ゆくまで美少女の息で胸を満たした。

「い、いく……！」

たちまち絶頂の快感が押し寄せ、彼は昇り詰めながら口走った。同時に、熱い大量の精汁が勢いよく、ドクンドクンと柔肉の奥にほとばしった。

「アアッ……！」

小梅も、惜しみなく熱い息を吐きかけながら喘ぎ、ガクガクと狂おしい痙攣を起こして気を遣った。大量の淫水が溢れて互いの股間がビショビショになり、修吾は心置きなく最後の一滴まで出し尽くした。

突き上げを弱めていくと、小梅も肌の強ばりを解き、徐々に力を抜いてグッタリと体重を預けてきた。

まだ膣内は収縮を繰り返し、満足した幹が刺激されてヒクヒクと震えた。

修吾は小梅の重みと温もりを受け止め、美少女の甘酸っぱい息を嗅ぎながら余韻を味わい、うっとりと身を投げ出していったのだった……。

二

「この間は、知らぬこととはいえ大変に失礼いたしました」

修吾の部屋に、加代と芙美がやって来て頭を下げた。

「いえ、とっても楽しかったですよ」

彼は答えながら、昼過ぎに小梅としたばかりなのに、二人分の甘い匂いを感じてすぐにも淫気を湧かせてしまった。

何しろ、舎を出たら毎日こんな良いことは続かないだろうから、今のうちに心ゆくまで味わっておきたいのである。

まだ、夕餉には間があるだろう。

「また、しますか？　私も近々ここを出なければなりませんので」

修吾が言うと、思わず加代と芙美は顔を見合わせ、ほんのり頬を紅潮させた。

やはり二人とも、三人での戯れは大きく印象に残っているのだろう。

「脱がなくて良いので、裾をめくって」

羞じらいにためらう二人に言い、修吾だけ帯を解いて着物と下帯を脱ぎ去ってしまった。

もう二人に素破の疑いはないので、心置きなく快楽に専念できそうだ。

すると二人も立ち上がり、モジモジと着物と腰巻の裾をめくり上げ、白くニョッキリした健康的な脚を付け根まで露わにしていった。

修吾は、下半身を丸出しにした二人を布団に並べて寝かせて自分も座り、まずはそれぞれの足裏を舐め、指の股に鼻を割り込ませて嗅いだ。

やはり、足は味わわなければならない大事な場所である。

「ああッ……！」

二人は足を浮かせて喘いだ。やはり前回と違い、彼の素性を知っているので畏れ多さが加わっているのだろう。そして前の時のときめきと快楽も甦っているようだった。

修吾は二人分の足裏を舐め、指の股の蒸れた匂いを貪り、それぞれの爪先をしゃぶって全ての指の間を味わった。

「脚を浮かせて抱えて」

言うと、二人は羞じらいながらそろそろと両脚を浮かせ、両手で抱え込んで陰戸と尻を丸見えにさせた。

先に加代の股間に顔を寄せ、まず可憐な蕾に鼻を埋め、秘めやかな匂いを嗅いでから舐め回した。

「あう……！」

加代が呻き、潜り込んだ舌先を肛門で締め付けた。

修吾は味と匂いを堪能してから、隣の芙美の尻の谷間にも顔を埋めていった。

こちらは肉づきが良く、顔中に双丘が密着し、やはり同じような微香が沁み付いていた。

似たような匂いだが、やはり微妙に異なり、蕾の形も襞の具合も違っていた。

舌を這わせて粘膜を味わい、そのまま濡れはじめている陰戸を舐め上げ、淡い酸味のヌメリをすすって、ツンと突き立ったオサネに吸い付いた。

「アアッ……！」

芙美が顔を仰け反らせて喘ぎ、新たな蜜汁を漏らしてきた。茂みの隅々には、甘ったるい汗と悩ましいゆばりの匂いが程よく入り混じって籠もっていた。

味と匂いを貪ってから、また修吾は隣の加代の陰戸に顔を埋め、恥毛に沁み付いた汗とゆばりの匂いを味わい、淡い酸味のヌメリをすすってオサネに吸い付いていった。

「ああ……、いい気持ち……」

加代も熱く喘ぎ、トロトロと淫水を湧き出させた。

修吾は二人の味と匂いを前も後ろも堪能し、ようやく顔を上げた。

そして二人の間に仰向けになっていくと、二人も身を起こし、左右から屈み込んできた。

彼の両の乳首に同時に吸い付き、息で肌をくすぐりながら舐め回し、腹を舐め下りていった。生温かく濡れた舌が胸と腹を縦横に這い回り、まるで大きなナメクジでも這ったような痕が印された。

やがて二人の口が、大股開きになった修吾の股間に集まってきた。

すると二人は申し合わせたように彼の脚を浮かせ、代わる代わる肛門を舐め回しては、ヌルッと浅く舌先を潜り込ませてきたのだ。

「く……」

修吾は妖しい快感に呻き、肛門で舌先を締め付けた。

どちらも微妙に感触と温もりが異なるが、それぞれに心地よかった。

交互に舐め尽くすと、二人は彼の脚を下ろし、また頰を寄せ合ってふぐりをしゃぶり、二つの睾丸を舌で転がし、優しく吸い付いた。

「あう……」

修吾は、急所なので吸われると思わず呻いて腰を浮かせた。

やがて混じり合った唾液で袋全体を生温かく濡らしてから、二人は一物の裏側と側面を舐め上げてきた。

熱い息が股間で混じり合い、張りつめた亀頭がチロチロと舐められ、鈴口から滲む粘液も交互に舐め取られた。

そして加代がスッポリと喉の奥まで呑み込み、上気した頰をすぼめてチューッと吸い付き、スポンと引き離すと、すかさず芙美がくわえて含み、同じように吸い付きながらチュパッと引き抜いた。

それが繰り返され、口の中ではクチュクチュと舌がからみつき、肉棒全体は二人分の唾液に生温かくまみれて震えた。

「い、いきそう、もういい……」

修吾は絶頂を迫らせて言い、身を起こしていった。

今度は二人を並べて四つん這いにさせ、まずは加代の後ろから先端を膣口にあてがい、摩擦を味わいながらゆっくり押し込んでいった。

「アアッ……！」

加代が背中を反らせて喘ぎ、根元まで深々と納まった一物をキュッと締め付けてきた。

さすがに締まりは良く、中は熱い淫水に濡れていた。

修吾は彼女の腰を抱えてズンズンと股間を前後させ、肉襞のヌメリと、下腹部に当たって弾(はず)む尻の感触を味わった。

そして何度か抽送(ちゅうそう)してからヌルッと引き抜き、隣の尻に移動し、今度は芙美の豊かな尻に迫った。

加代の淫水に濡れて湯気の立つ先端を後ろから芙美の陰戸に押し当て、ヌルヌルッと滑らかに挿入した。

「あん……、すごい……」

芙美も四つん這いのまま喘ぎ、無防備な体勢で貫(つらぬ)かれ、大量の淫水を漏らしてきた。根元まで貫くと、やはり尻が心地よく股間に密着し、肉襞の摩擦とともにきつい締め付けが一物を包み込んだ。

これも、やはり温もりと感触は微妙に異なるが、どちらも実に心地よかった。

そして相手が二人いると、秘め事という淫靡な雰囲気は薄れるが、何とも豪華で贅沢な悦びが増した。

修吾は、芙美の尻も抱えて股間をぶつけるように突き動かし、ピチャクチャいう粘膜の摩擦音と、ヒタヒタと肌のぶつかる音を響かせた。

すると何と、すぐにも芙美が気を遣ってしまったのだ。

「き、気持ちいいッ……！」

芙美は顔を伏せたまま口走り、そのままヒクヒクと痙攣を起こし、膣内を収縮させてヌラヌラと淫水を漏らした。

彼女は初回から相当に感じていたから、すぐにも気を遣るようになってしまったのだろう。

溢れる蜜汁がムッチリとした内腿を伝い流れ、修吾も絶頂寸前まで律動を繰り返し、やがて彼女がグッタリと突っ伏すと、ようやく動きを止めてヌルッと引き抜いた。

「ああ……」

芙美は声を洩らすと、支えを失ったように力尽きてグッタリとなった。

「どうか、私の中でいってくださいませ……」

加代は、まだ修吾が気を遣っていないことを知って求めてきた。

前回、修吾は芙美の中でいったので、今度は自分の中で果てて欲しいようだ。

「では、上から」

修吾は言い、芙美に添い寝して仰向けになった。

すると加代は裾をめくり、まさに厠に入るように跨がり、芙美の淫水にまみれた先端に陰戸を押し当ててきた。

そして息を詰め、ゆっくり腰を沈み込ませてきたのだった。

三

「ああッ……、すごい、奥まで感じる……」

加代が完全に座り込み、ヌルヌルッと根元まで一物を受け入れながら股間を密着して喘いだ。

まるで、常に一緒にいる芙美の快楽が伝わったように、すっかり加代も感じやすくなっているようだった。

修吾も股間に加代の温もりと重みを受け止め、キュッと締め付けられながら快感を嚙み締めた。そして中で幹をヒクヒクさせると、すぐにも加代が身を重ねてきた。

それを抱き留め、彼は隣にいる芙美の顔も抱き寄せた。

そしてズンズンと小刻みに股間を突き上げながら、二人の顔を引き寄せ、同時に唇を重ねていった。

「ンンッ……」

二人は熱く呻き、混じり合った息を熱く弾ませた。

修吾はそれぞれの口に舌を挿し入れてからみつけ、滴ってくる二人分の唾液をすって心地よく喉を潤した。

芙美も息を吹き返し、チロチロと舌を蠢かせてくれた。

「アア……、感じる……」

加代が口を離して喘ぎ、自分も突き上げに合わせて腰を遣いはじめた。

もう痛みはなく、むしろ早く芙美のように大きな快楽を得たいと思っているようだった。

次第に互いの動きが一致し、クチュクチュと摩擦音が聞こえてきた。

加代も芙美に負けないほど大量の淫水を漏らし、律動を滑らかにさせ、互いの股間をビショビショにさせていった。

修吾は二人の顔を引き寄せたまま股間を突き上げ、それぞれの口に鼻を押しつけて湿り気ある息を嗅いだ。二人とも甘い刺激を含み、悩ましく胸を満たしてくれた。

「唾を……」

修吾が高まりながら求めると、先に芙美が可愛い口をすぼめ、クチュッと唾液の固まりを吐き出してくれた。

それを舌に受けると、すぐに加代も同じように注ぎ、彼は混じり合った唾液を味わい、うっとりと喉を潤した。

「顔中に、思い切り吐きかけて……」

「そ、そんなこと出来ません。次のご家老に……」

修吾がせがむと、二人は驚いて息を震わせた。

「他の誰にも頼めないので、どうか」

「そのようなこと、本当にされたいのですか……」

再三せがむと、二人もチラと顔を見合わせ、決心してくれたようだ。

二人は口中に唾液を分泌させて大きく息を吸い込み、同時に勢いよくペッと吐きかけてくれた。

「ああ……」

修吾は顔中に二人分の甘い息を受け、生温かくトロリとした唾液を鼻筋と眉間(みけん)に受けて喘いだ。

そして息と唾液の匂いに酔いしれながら、さらに二人の顔を抱き寄せると、二人も顔を汚した唾液を拭(ぬぐ)い取るようにヌラヌラと舐め回してくれた。

たちまち顔中は、混じり合った唾液にまみれ、修吾は悩ましい匂いに包まれながら股間を突き上げ、とうとう絶頂に達してしまった。

「い、いく……！」

快感に貫かれて口走ると、熱い大量の精汁がドクンドクンと勢いよく柔肉の奥にほとばしった。

「あ……、気持ちいい……！」

噴出を感じ取った加代が声を上ずらせ、激しく股間を擦(こす)りつけてきた。膣内の収縮も高まり、どうやら完璧とは言えないまでも、それなりに膣感覚で気を遣ったようだった。

修吾は肉襞の摩擦の中、心ゆくまで快感を貪り、最後の一滴まで出し尽くしていった。加代も懸命に膣内を収縮させて精汁を吸収し、やがて力尽きたように突っ伏してきた。

修吾は内部でヒクヒクと幹を震わせ、二人分の甘い息を嗅いで鼻腔を刺激されながら、うっとりと快感の余韻を味わったのだった。

掟(おきて)を破り、完全に二人を生娘でなくしてしまったが、もう仕方がない。

二人も、このことは三人だけの秘密にし、今まで通り厠も舎の中のものを使うだろう。

排泄したものの成分が、そう大きく変わるわけではなく、いずれ生娘への神話も薄れてゆくに違いない。

修吾は思い、三人で身を寄せ合いながら呼吸を整えたのだった。

四

「いよいよですね。とっても楽しみ……」

翌日、珠代が小屋に来て修吾に言った。恐らく真弓の許しを得たのだろう。

本当は、姫君は小屋などに来ず、家老の息子である修吾が舎へ行くべきなのだが、やはり他の娘を気遣わなければならない。

それに珠代も、粗末な小屋へ来ることへの抵抗などなく、ただ修吾に会いたい一心なのだった。

今朝がた、城から修吾に書状が届き、明日に出仕することとなった。

修吾も珠代も、今夜が舎で過ごす最後となる。

珠代は城から乗り物で迎えが来るが、彼は明朝、ここを出ていったん城下にある自宅の屋敷に戻って裃に着替え、そのまま登城することになろう。

あとは婚儀の日取りを決めたり、江戸屋敷や周辺の藩にも報せ、しばらくは珠代と二人きりで会える機会も少なくなるだろう。

まあ、所帯を持てば年中一緒にいられるのだが、修吾は目の前の淫気が全てであった。

「野菜を持って出入りしていた小梅、あの子を屋敷で働かせたいのです。身寄りのない気の毒な子なので」

「そう、あの子は明るくて働き者なので構いません」

修吾が言うと、珠代もすぐ快諾してくれた。

それより珠代も熱い息を弾ませて頬を上気させ、熱っぽい眼差しで彼を見つめていた。

案外に、彼以上に強い淫気を抱いているのかも知れない。

彼も話を止めてにじり寄り、珠代を抱きすくめて唇を重ねた。

柔らかな感触と唾液の湿り気が伝わり、熱く甘酸っぱい息の匂いが心地よく鼻腔を刺激してきた。

「ンン……」

珠代が熱く鼻を鳴らし、挿し入れた彼の舌にチュッと吸い付いてきた。

姫君の唾液と吐息を吸収しながら修吾が帯を解くと、彼女ももどかしげに帯を解き、互いに脱ぎはじめていった。

やがて胸元が開かれると、修吾は珠代を布団に仰向けにさせ、唇を離して首筋を舐め下り、薄桃色の乳首にチュッと吸い付いていった。

「ああ……、いい気持ち……」

珠代がビクッと顔を仰け反らせて喘ぎ、甘ったるい汗の匂いを生ぬるく揺らめかせた。修吾は全て脱ぎ去りながら、左右の乳首を交互に含んで舌で転がし、さらに乱れた襦袢(じゅばん)の中に潜り込んで腋の下に鼻を埋めた。

和毛は汗に湿り、濃厚な体臭が馥郁と籠もっていた。

彼は近々妻となる珠代の匂いで胸を満たし、さらに滑らかな白い肌を舐め下りていった。

愛らしい臍を舐め、張りのある下腹部から腰、ムッチリした太腿を舌でたどった。肌はどこも白粉でもまぶしたように白く、珠代もじっと身を投げ出してされるままになっていた。

完全に裾を開いて脚を舐め下り、足裏に舌を這わせ、指の股に鼻を埋めると、やはりそこは汗と脂に湿り、生ぬるく蒸れた匂いが沁み付いていた。

修吾は姫君の足の匂いを貪ってから爪先をしゃぶり、左右とも全ての指の間に舌を挿し入れて味わった。

「アア……」

珠代がか細く喘ぎ、クネクネと腰をよじって反応した。

やがて彼は脚の内側を舐め上げ、白く滑らかな内腿をたどって股間に迫っていった。

割れ目からはみ出した陰唇は、すでにヌメヌメと清らかな蜜汁に潤い、股間全体には悩ましい匂いを含んだ熱気と湿り気が籠もっていた。

指で陰唇を広げると、微かにクチュッと湿った音がし、濡れた桃色の柔肉が丸見えになった。

すでに生娘ではない膣口の襞が息づき、光沢あるオサネも包皮を押し上げるようにツンと突き立っていた。

修吾は吸い寄せられるように顔を埋め込み、柔らかな若草に籠もる汗とゆばりの匂いを貪り、濡れた陰戸に舌を這わせていった。

膣口の襞を掻き回し、淡い酸味の潤いを味わいながらオサネまで舐め上げていくと、

「ああ……、いい……」

珠代が身を弓なりに反らせ、内腿でキュッと彼の両頬を挟み付けて喘いだ。

修吾も腰を抱え込み、執拗にチロチロとオサネを舐めては、新たに湧き出してくるヌメリをすすった。

もちろん腰を浮かせ、大きな白桃のような尻の谷間にも鼻を埋め込み、可憐な蕾に籠もる微香を嗅ぎ、舌を這わせてヌルッと潜り込ませた。

「あう……」

珠代が呻き、肛門でキュッと舌先を締め付けてきた。

彼の鼻先にある陰戸からさらに淫水を漏らし、修吾は滑らかな粘膜を舐め回してから、再び割れ目に戻って蜜汁を貪った。

「い、いきそう……」

珠代が腰をよじり、修吾もいったん股間から離れて添い寝した。

「どうか、私にも……」

言うと、すぐに珠代が身を起こし、修吾の顔に屈み込んできた。そして舌を這わせて鈴口から滲む粘液を舐め取り、張りつめた亀頭をスッポリと含んで吸い付いた。

喉の奥まで呑み込み、頬をすぼめて吸いながらクチュクチュと舌を蠢かせた。

「アア……、姫様……」

修吾は快感に喘ぎ、小刻みに股間を突き上げて摩擦を味わった。

「どうか、珠代と呼んで……」

彼女が口を離して言った。

「いいえ、それは婚儀のあとです。ですから、それまでは私を修吾とお呼び下さい。そして交接も、姫様が上です」

修吾は言い、珠代の手を引いて股間に跨がらせていった。

彼女も素直に一物を跨ぎ、唾液に濡れた先端に割れ目を押し付け、自分から位置を定めて腰を沈み込ませてきた。

張りつめた亀頭が潜り込むと、あとは重みと潤いでヌルヌルッと滑らかに根元まで呑み込まれていった。

「アァッ……!」

珠代が顔を仰け反らせ、ぺたりと座り込んで股間を密着させた。

修吾も肉襞の摩擦と熱いほどの温もり、きつい締め付けを噛み締めながら高まった。

彼女が身を重ねてきたので両手で抱き留め、修吾はすぐにもズンズンと股間を突き上げ、絶頂を迫らせていった。

「あうう……、奥が、熱い……」

「痛くありませんか」

「大丈夫。もっと強く……」

囁くと、珠代が健気に答えて自分からも腰を遣いはじめた。

やがて互いの動きが一致し、クチュクチュと湿った摩擦音が聞こえ、修吾も気遣いを忘れて快感にのめり込んでいった。

そして下から唇を重ねると、珠代もピッタリと密着させて自分から舌を挿し入れてきた。

修吾はチロチロと舐め回し、滑らかな舌触りと生温かく清らかな唾液を味わった。熱く湿り気ある吐息は、甘酸っぱく可愛らしい果実臭を含んで馥郁と鼻腔を刺激してきた。

舌をからめ、姫君の唾液と吐息を吸収しながら股間を突き上げると、

「アア……、感じる……」

珠代が口を離し、声を上ずらせた。

修吾はなおも、彼女の喘ぐ口に鼻を押しつけて律動し、かぐわしい息を胸いっぱいに吸い込んで高まった。

「舐めて……」

快感に任せて思わず言うと、珠代も厭（いと）わずヌラヌラと彼の鼻の穴を舐め回してくれた。

「い、いく……！」

修吾は、姫君の唾液と吐息の匂いと、心地よい肉襞の摩擦で高まり、激しく昇り詰めてしまった。

元より珠代も急激に気を遣るはずもないから、長く保たせる必要もない。

彼は大きな絶頂の快感に貫かれ、熱い大量の精汁をドクンドクンと脈打たせるように勢いよく柔肉の奥にほとばしらせた。

「あう……、熱い……」

どうやら内部に噴出を感じたように珠代が口走り、キュッときつく締め上げてきた。

この分なら、あと数回で本格的に気を遣るようになるだろう。開発されてゆくその過程も、今後の楽しみであった。

修吾は心ゆくまで快感を味わい、最後の一滴まで出し尽くして徐々に突き上げを弱めていった。

「アア……、嬉しい……」

精汁を受け入れたことを悦びながら珠代が言い、彼女も肌の強ばりを解いてグッタリと体重を預けてきた。

修吾が収縮する膣内でヒクヒクと幹を過敏に震わせると、

「あうう……、動いているわ……」

珠代も答えるようにキュッキュッと締め付けてきた。

やがて修吾も力を抜き、姫君の甘酸っぱい吐息を間近に嗅ぎながら、うっとりと快感の余韻に浸り込んでいったのだった……。

——夕餉を済ませると、修吾は最後に湯殿へと行った。最後の夜なので、いつも通り終い湯にと言っておいたのだ。

湯殿いっぱいに甘ったるく立ち籠めた娘たちの残り香も、嗅ぐのは今宵が最後であった。

修吾が、混じり合った濃厚な体臭に包まれながら身体を流していると、そこへ襦袢姿の弥生が入ってきた。

「お背中を流します」

「いいですよ、そんなこと」

「どうか、せめてこれぐらいさせて下さいませ」

弥生が言い、糠袋で彼の背中を擦ってくれた。修吾も言葉に甘え、じっと身を任せた。

「いよいよ明日、出て行かれるのですね」

「ええ、お名残惜しいですが、また年中会えるでしょう」

「はい、所帯を持たれたら、お屋敷の警護役を買って出ます」

弥生は言い、甲斐甲斐(かいがい)しく背中から腰まで擦ってくれた。

肩越しに彼女の甘い息が感じられ、修吾はムクムクと勃起してしまった。

「ね、こんなに大きくなってしまいました」

彼は言って振り返り、屹立した一物を突き出した。

「いけません。もう、私は淫らなことは致しません。一晩考え、それを申し上げに来たのです……」

弥生が、一物から顔を背けて言った。

「そんなあ、せっかく互いの感じるところを分かり合えるようになったというのに……」

「元より、私は剣一筋に生き、生涯生娘でいるつもりでしたので、ここでのことは夢と思うことにします。ですから、お仕えは致しますが、情交は二度としないと決めました」

弥生が頑(かたく)なに答えた。

「そう、それは残念……」

「どうか、姫様だけを大切になさって下さいませ」

弥生は言って湯を汲み、修吾の肩から浴びせかけると、それで立ち上がって湯殿を出ていってしまった。

修吾は嘆息し、名残惜しさに勃起が衰えていった。

まあ弥生も、今は強い決意に思えるが、また何かの折に二人きりになれば、一度覚えた快楽への未練も湧いてくるだろう。まして珠代が孕んで、その間情交が出来なくなり、そうした時に懇願すれば、きっと弥生のことだからしてくれるに違いないと思った。

だから修吾も深く考えず、やがて気を取り直して湯殿を出たのだった。

五

「いよいよ明日ですね……」

修吾が湯殿を上がって小屋に戻ると、見計らったように真弓が来て言った。

「ええ、短い間でしたが、いろいろなことがありました」

「私もです。もっとも私は、これからもここに住んで、娘たちの面倒を見なければなりませんが」

真弓が言い、修吾はムクムクと勃起してきてしまった。何しろ湯殿で弥生に触れられなかったから、淫気がくすぶっているのだ。

「ね、最後の夜なので、どうかお脱ぎ下さい」

修吾は言い、自分から手早く寝巻を脱ぎ去り、全裸になってしまった。

「い、いけません……」

「なぜ、もう月の障(さわ)りも済んだのでは？」

「済みましたが、念のため最後に湯殿を使おうと思い、まだ身体を流していないので……」

真弓がモジモジと言った。

やはり彼女も、修吾との情交をだいぶ意識しているようだ。

「構いません。真弓さんは私の最初の女なので、手ほどきされたときと同じ匂いを味わいたいです」

修吾は迫り、彼女の手を握(にぎ)って布団に引き寄せ、帯を解きはじめた。

「ああ……、困った子ですね……」

真弓は言いながらも、諦(あきら)めたように途中から自分で帯を解き、着物を脱ぎはじめてくれた。

みるみる白く滑らかな熟れ肌が露わになり、最後の一枚も取り去られ、彼女は一糸まとわぬ姿になった。修吾は真弓を布団に仰向けにさせ、まずは足裏に顔を押し付けていった。

「アア……、またそのようなことを……」

真弓は困ったように言いながらも、されるままじっとしていてくれた。

修吾は美女の足裏を舐め回し、縮こまった指の股に鼻を押しつけ、汗と脂に生ぬるく湿って蒸れた匂いを貪った。

左右とも充分に嗅いでから、爪先にしゃぶり付き、全ての指の間に舌を割り込ませて味わった。

「あう……、き、汚いので、お止め下さい……」

真弓がクネクネと腰をよじりながら呻き、彼の口の中で唾液に濡れた指を縮めて舌を挟み付けた。

やがて両足とも舐め尽くすと、彼は真弓の脚の内側を舐め上げ、両膝の間に顔を進めた。

白くムッチリとした内腿を舐め上げて股間に迫ると、陰戸から発する熱気と湿り気が、悩ましい匂いを含んで彼の顔中を包み込んできた。

割れ目からはみ出した陰唇はすでにヌラヌラと潤いはじめ、指で広げると襞の入り組む膣口が艶めかしく息づいていた。

堪らずに顔を埋め込み、柔らかな茂みに鼻を擦りつけて嗅いだ。

甘ったるい汗の匂いが濃厚に沁み付き、それにほんのりした残尿臭、そして月の障りの名残か、うっすらとした磯の香りに似た成分も入り混じって鼻腔を掻き回してきた。

「いい匂い」

「う、嘘です……」

思わず股間から言い、ことさら犬のようにクンクン鼻を鳴らして嗅ぐと、真弓が激しい羞恥に悶えて声を震わせ、量感ある内腿でキュッときつく彼の両頬を挟み付けてきた。

修吾はもがく腰を抱え込んで押さえ、胸いっぱいに美女の匂いを満たしながら舌を這わせていった。

膣口の襞をクチュクチュ掻き回し、淡い酸味のヌメリを貪りながら、滑らかな柔肉をたどってオサネまで舐め上げていくと、

「アアッ……！」

真弓がビクッと顔を仰け反らせて喘ぎ、白い下腹をヒクヒクと波打たせた。

修吾は執拗にオサネを弾くように舐め、吸い付いては新たに溢れてくる蜜汁をすすった。

さらに彼女の両脚を浮かせ、豊満な尻の谷間にも鼻を埋め、薄桃色の蕾に籠もる秘めやかな匂いで鼻腔を満たした。

そして舌を這わせて襞を濡らし、ヌルッと潜り込ませて粘膜も味わうと、

「く……、駄目(だめ)……」

真弓が息を詰めて呻き、モグモグと肛門で舌先を締め付けてきた。

修吾は舌を出し入れさせるように蠢かせ、やがて再び陰戸に戻って淫水を舐め取り、オサネにチュッと強く吸い付きながら、美女の股に顔を埋める悦びを噛み締めた。

「も、もう駄目……、変になりそう、堪忍(かんにん)……」

真弓が息も絶えだえになって言い、懸命に彼の顔を股間から突き放しにかかった。絶頂が迫ったようで、いったん彼も舌を引っ込めて股間を離れ、添い寝していった。

「ね、今度は真弓さんがして……」

言いながら、真弓の顔を股間へと押しやると、彼女も素直に移動してくれた。大股開きになると、彼女は真ん中に腹這い、まずはふぐりを舐め回し、睾丸を転がしてから、鼻先にある肉棒の裏側を舐め上げてきた。

「ああ……」

受け身になって喘ぎ、修吾は股間に美女の熱い息を受け止めながら愛撫に身を任せた。

真弓も、舐められるより自分から奉仕する方が気が楽なように、念入りに幹を舐め上げ、鈴口から滲む粘液もチロチロと舐め取ってくれた。

そして張りつめた亀頭をしゃぶり、そのままスッポリと喉の奥まで呑み込み、幹を締め付けて吸い付いた。

熱い息は恥毛をくすぐり、口の中ではクチュクチュと舌が蠢き、たちまち彼自身は美女の生温かく清らかな唾液にまみれて震えた。

「アア……、気持ちいい……」

修吾もすっかり高まって言い、やがて果ててしまう前に彼女の手を握って引っ張った。

「どうか、上から入れて下さい」

「また私が上に……？」

言うと、真弓がためらいがちに訊いた。

「ええ、姫と所帯を持てば、ちゃんと本手（正常位）で致しますので」

「なぜ下が好きなのです……」

「綺麗なお顔を仰ぐのが好きだし、唾を垂らしてもらえるから」

「まあ……、そのようなこと……」

真弓は尻込みしたが、なおも引っ張ると彼の股間に跨がってくれた。そして意を決すると自分から幹に指を添え、先端を濡れた陰戸に押し付け、位置を定めてゆっくりと腰を沈み込ませてきた。

亀頭が潜り込むと、あとはヌルヌルッと滑らかに根元まで呑み込まれ、真弓は完全に座り込んで股間を密着させた。

「あぁッ……！」

彼女が顔を仰け反らせて喘ぎ、キュッときつく締め付けてきた。

修吾も肉襞の摩擦と温もり、きつい締まりの良さに包まれながら快感を嚙み締め、両手を伸ばして真弓を抱き寄せた。

彼女も素直に身を重ね、柔肌が密着してきた。

修吾は顔を上げ、豊かな乳房に顔を押し付けて感触を味わい、コリコリと硬くなった乳首に吸い付いて舌で転がした。

「あう……、いい気持ち……」

乳首を刺激すると真弓が喘ぎ、連動しているように膣内がキュッキュッと収縮した。

修吾は左右の乳首を交互に含んで舐め回し、甘ったるく漂う汗の匂いに高まった。充分に乳首を味わってから、彼女の腕を差し上げて腋の下にも鼻を埋め、色っぽい腋毛に籠もった濃厚な体臭に噎(む)せ返った。

真弓がくすぐったそうに悶えるたび、淫水の量が増して彼の股間までビショビショにさせてきた。

ズンズンと小刻みに股間を突き上げはじめると、

「アア……、いい……」

真弓もすっかり快感で朦朧(もうろう)となり、合わせて腰を遣いながら喘いだ。

修吾もいつしか激しく動き、下から唇を重ねて舌をからめた。

「ンンッ……!」

彼女も熱く鼻を鳴らし、吸い付きながら舌を蠢かせてくれた。

「もっと唾を……」

言うと、覚悟していたように真弓も懸命に分泌させ、トロトロと口移しに吐き出してきた。修吾は受け止め、生温かく小泡の多い粘液を味わって、うっとりと喉を潤した。

さらに彼女の口に鼻を押しつけ、花粉臭の刺激を含んだ甘い吐息を胸いっぱいに嗅ぎ、肉襞の摩擦の中で昇り詰めていった。

「い、いく……！」

突き上がる大きな絶頂の快感に口走り、彼はありったけの精汁を勢いよくドクドクと柔肉の奥にほとばしらせた。

「ああ……、熱い、もっと……、ああーッ……！」

真弓も噴出を感じた途端に気を遣り、声を上ずらせて喘ぐなりガクンガクンと狂おしい痙攣を開始した。

膣内の収縮も最高潮になり、修吾は激しく股間を突き上げながら快感を貪り、心置きなく最後の一滴まで出し尽くしていった。

そして、すっかり満足しながら徐々に動きを弱めていくと、真弓も力尽きたように肌の硬直を解き、グッタリともたれかかってきた。

修吾は重みと温もりを受け止め、まだ収縮する膣内に刺激されてヒクヒクと幹を震わせた。

「も、もう堪忍……」

真弓が感じすぎて言い、降参するようにキュッときつく締め付けてきた。

彼も、美女の湿り気ある甘い息を嗅ぎながら、うっとりと快感の余韻を噛み締めた。

そして修吾は、僅か十日足らずだった桜桃舎での暮らしと、明日からの展開に思いを馳せるのだった……。

生娘だらけ

一〇〇字書評

切・り・取・り・線

購買動機（新聞、雑誌名を記入するか、あるいは○をつけてください）

□（　　　　　　　　）の広告を見て	
□（　　　　　　　　）の書評を見て	
□ 知人のすすめで	□ タイトルに惹かれて
□ カバーが良かったから	□ 内容が面白そうだから
□ 好きな作家だから	□ 好きな分野の本だから

・最近、最も感銘を受けた作品名をお書き下さい

・あなたのお好きな作家名をお書き下さい

・その他、ご要望がありましたらお書き下さい

住所	〒				
氏名		職業		年齢	
Eメール	※携帯には配信できません	新刊情報等のメール配信を 希望する・しない			

この本の感想を、編集部までお寄せいただけたらありがたく存じます。今後の企画の参考にさせていただきます。Eメールでも結構です。

いただいた「一〇〇字書評」は、新聞・雑誌等に紹介させていただくことがあります。その場合はお礼として特製図書カードを差し上げます。

前ページの原稿用紙に書評をお書きの上、切り取り、左記までお送り下さい。宛先の住所は不要です。

なお、ご記入いただいたお名前、ご住所等は、書評紹介の事前了解、謝礼のお届けのためだけに利用し、そのほかの目的のために利用することはありません。

〒一〇一 - 八七〇一
祥伝社文庫編集長 坂口芳和
電話 〇三（三二六五）二〇八〇

祥伝社ホームページの「ブックレビュー」からも、書き込めます。
http://www.shodensha.co.jp/bookreview/

祥伝社文庫

生娘（きむすめ）だらけ

平成28年4月20日　初版第1刷発行

著　者　睦月影郎（むつきかげろう）

発行者　辻　浩明

発行所　祥伝社（しょうでんしゃ）

東京都千代田区神田神保町3-3

〒101-8701

電話　03（3265）2081（販売部）

電話　03（3265）2080（編集部）

電話　03（3265）3622（業務部）

http://www.shodensha.co.jp/

印刷所　萩原印刷

製本所　ナショナル製本

カバーフォーマットデザイン　中原達治

Printed in Japan ©2016, Kagerou Mutsuki ISBN978-4-396-34204-3 C0193